D0909119

DU MÊME AUTEUR

dans la Bibliothèque Verte :

Série « Alice » :

Alice au Canada
Alice et les chats persans
Alice et le clavecin
Alice et le diadème
Alice et la diligence
Alice écuyère
Alice et la malle mystérieuse
Alice en Écosse
Alice en safari
Alice et les plumes de paon
Alice chez les Incas
Alice et la statue qui parle
Alice et l'esprit frappeur
Alice à Paris
Alice et le robot
Alice au camp des biches
Quand Alice rencontre Alice
Alice et la dame du lac
Alice et la pierre d'onyx
Alice à la réserve des oiseaux
Alice aux îles Hawaï
Alice et le mannequin
Alice et le médaillon d'or
Alice et la fusée spatiale
Alice au ranch
Alice et le corsaire
Alice et le violon tzigane
Alice et le fantôme
Alice et le dragon de feu
Alice et les faux-monnayeurs
Alice et le vase de Chine
Alice et les contrebandiers
Alice et le chandelier
Alice et la rivière souterraine
Alice et les marionnettes
Alice et l'avion fantôme

Série « Une enquête des Sœurs Parker » :

Le gros lot
L'inconnu du carrefour
Le dauphin d'argent
La sorcière du lac perdu
Sur les traces de l'homme masqué
Les patineurs de la nuit
L'énigme de la clé rouillée
La guitare ensorcelée
La double énigme de la Sierra
L'oiseau de bambou
Le tigre de pierre
L'anneau de jade
Le rubis clignotant
Dans l'ombre de la tour
L'orchidée noire
La menace dans le puits
Les sœurs Parker et les ravisseurs
Les sœurs Parker trouvent une piste
Un portait dans le sable
Les disparus de Fort-Cherokee
L'impératrice de cire
Le secret de la chambre close
La villa du sommeil
Le volcan endormi

dans l'Idéal-Bibliothèque :

Alice et les diamants
Alice détective
Alice et le talisman d'ivoire
Alice et le tiroir secret
Alice et les chaussons rouges
Alice et le vison
Alice et le pickpocket
Alice et le pigeon voyageur
Alice et l'ombre chinoise
Alice et le carnet vert
Alice et la pantoufle d'hermine
Alice dans l'île au trésor

dans La Galaxie :

Alice et l'esprit frappeur
Alice et le dragon de feu
Alice et le vase de Chine

CAROLINE QUINE

ALICE ET LA DAME DU LAC

TEXTE FRANÇAIS D'ANNE JOBA
ILLUSTRATIONS DE PHILIPPE DAURE

HACHETTE

L'ÉDITION ORIGINALE DE CE ROMAN A PARU
EN LANGUE ANGLAISE CHEZ GROSSET & DUNLAP,
NEW YORK, SOUS LE TITRE :

THE SECRET OF MIRROR BAY

HACHETTE, 79, BOULEVARD SAINT-GERMAIN, PARIS VIe

CHAPITRE PREMIER

FÂCHEUSE SURPRISE!

« C'EST beau!

— Qu'est-ce qui est beau?

— C'est inquiétant!

— Qu'est-ce qui est inquiétant?

— C'est amusant mais dangereux! » termina Alice Roy avec un sourire moqueur à l'adresse de ses amies Bess Taylor et Marion Webb.

Grande et mince, l'allure sportive, Marion prit la parole.

« Tu oublies certainement d'ajouter que c'est hanté. Mais qu'est-ce qui l'est et où est-ce?

— L'endroit où nous allons, répondit Alice.

Car vous êtes cordialement invitées à vous joindre à moi. Vous acceptez, n'est-ce pas? »

Devant la mine déconfite de ses amies, Alice eut pitié d'elles.

« Allons, ne faites pas cette tête! Je vais tout vous expliquer. Tante Cécile a loué une maison pour les vacances : le chalet de la Baie du Miroir. »

Tante Cécile, sœur de M. Roy, habitait à New York où les trois jeunes filles lui rendaient souvent visite.

« Mais pourquoi dis-tu qu'il est hanté? demanda la jolie et blonde Bess, cousine germaine de Marion.

— Tante Cécile a entendu dire que certains matins, quand la brume enveloppe la baie, une femme glisse sur l'eau.

— Avec quoi? demanda Marion.

— Avec ses pieds sans doute, répondit Alice.

— Quelle blague! fit Marion, sceptique.

— Non, ce n'est pas une plaisanterie, ou du moins je compte bien m'en assurer, reprit Alice. Le lac sur lequel ouvre cette baie est profond de plus de cinquante mètres en son centre.

— Oh là là! s'exclama Bess. Gare à ceux qui tomberaient d'un bateau avec de grosses chaussures. »

Alice la rassura. Près du chalet, le fond descendait en pente douce. Marion et Bess voulurent savoir où ce lac était situé.

« Dans l'Etat de New York, répondit Alice. Les Indiens l'appelaient Otssaga; son nom officiel est maintenant Otsego. Fenimore Cooper a raconté l'histoire des colons et des Indiens qui peuplaient la région à son époque. Il aimait beaucoup le lac, à la surface « aussi lisse et brillante qu'un miroir », disait-il.

Alice ajouta qu'au sud se trouvait un village connu pour sa beauté et ses musées : Cooperstown.

« Quand partons-nous? fit Bess que la perspective d'un nouveau voyage enchantait.

— Demain matin, répondit Alice. Tante Cécile prend un car qui la conduira directement à Cooperstown. Nous partirons de bonne heure en voiture; elle nous attendra au terminus, et nous gagnerons le chalet ensemble.

— Le programme me convient, déclara Bess.

— Alors, c'est parfait! dit Alice en riant. Dépêchez-vous de téléphoner à vos parents pour leur demander si vous pouvez m'accompagner. »

Dix minutes plus tard, les deux cousines avaient obtenu l'autorisation. Elles se hâtèrent de rentrer chez elles faire leurs valises. Alice alla retrouver Sarah à la cuisine où elle préparait le repas.

La jeune fille avait à peine trois ans quand sa mère était morte. C'était Sarah qui avait veillé sur elle avec une inlassable tendresse et tenu le ménage de M. Roy. Respectée de tous, elle faisait partie de la famille. Elle était très fière de la beauté d'Alice, de ses magnifiques cheveux blonds et, surtout, des qualités qui la rendaient chère à ses amis et connaissances, fière aussi de ses dons de détective. Cela dit, elle tremblait chaque fois que la jeune fille se lançait dans une nouvelle enquête, car elle était d'une intrépidité à faire frémir.

« Sais-tu ce que je viens d'apprendre? dit Sarah. On prétend qu'il y a des ours dans les bois qui entourent Cooperstown. Tu feras bien d'être prudente quand tu te promèneras sur les sentiers montagneux. »

Alice rit de bon cœur.

« Veux-tu que j'emporte quelques rayons de miel? plaisanta-t-elle. Si un ours croise mon chemin, je lui en offrirai un. »

Sarah ne put s'empêcher de sourire.

M. Roy était absent depuis la veille. Le lendemain matin, avant de partir, Alice lui dit au revoir par téléphone. James Roy était un avocat dont la réputation s'étendait bien au-delà de sa ville, River City. Très tôt, il avait initié sa fille, qu'il adorait — et elle le lui rendait bien —, aux secrets de son métier. Etonné des dispositions qu'elle révélait, il lui avait peu à peu confié des affaires qui exigeaient de réelles qualités de détective. Alice n'avait pas tardé à voler de ses propres ailes. Son plaisir le plus grand était de résoudre des énigmes, de démasquer les fourbes et les escrocs, et de venir bénévolement en aide à leurs victimes.

Après avoir longuement embrassé sa chère Sarah, la jeune fille monta dans son cabriolet, passa chercher Bess et Marion et... en route pour Cooperstown!

L'air estival était frais, le soleil brillait. A l'heure du déjeuner, elles s'arrêtèrent pour manger des sandwiches et boire un café. Peu après cette pause, des travaux sur la route les obligèrent à faire un long détour.

« Quel ennui! fit Alice. Nous serons en retard au rendez-vous fixé par tante Cécile. Pourvu qu'elle n'attende pas trop longtemps avec ses valises sur le trottoir!

— Elle aura peut-être l'idée d'aller dans un hôtel, dit Marion.

— Je connais tante Cécile, elle ne bougera pas d'un centimètre, de crainte de nous manquer », répliqua Alice.

Elle accéléra, sans toutefois dépasser la limitation de vitesse, et vingt minutes plus tard, elle s'engageait dans la rue principale de Cooperstown.

« Seigneur! Que signifie cela? » demanda Bess.

Cinq grands cars étaient immobilisés dans un virage. Des gens tournaient en rond sur la chaussée, discutant, lançant des menaces dans le vide. Des valises, des sacs à dos s'entassaient sur le trottoir. Des commerçants sortaient de leurs boutiques pour s'informer de la cause de cette agitation.

Alice se gara à quelque distance de la foule et se précipita, suivie de ses amies, vers Mlle Roy qui, debout devant une vitrine, veillait sur ses bagages.

« Alice, s'écria celle-ci. Te voilà enfin! Je commençais à m'inquiéter. »

Mlle Roy était professeur dans un collège de New York. Plus encore que jolie, elle était charmante. Les trois jeunes filles l'embrassèrent, toutes heureuses de la revoir, puis elles s'enquirent de la cause du tumulte.

« Ces cars sont arrivés peu de temps après le car régulier que j'avais pris. Les voyageurs que vous voyez là en sont descendus. D'après ce que j'ai cru comprendre, on leur a vendu à New York des billets pour un séjour d'une semaine dans un hôtel de première classe : *Le Home fleuri*. Voyage et pension complète revenaient à une centaine de dollars. Or il semble qu'ils aient été victimes d'une escroquerie. Il n'existe pas de *Home fleuri* dans les alentours.

— Les malheureux! s'écria Bess, apitoyée. Qui a pu se livrer à une pareille supercherie? »

Mlle Roy déclara l'ignorer. Les chauffeurs des cars clamaient leur innocence. Leur compagnie avait reçu l'argent pour le trajet New York-Cooperstown. Après avoir longuement étudié les dépliants qui leur avaient été remis au départ, les voyageurs avaient constaté, en effet, que leurs billets ne comportaient pas le voyage de retour alors qu'on leur avait affirmé le contraire.

« C'est un vol! Un crime! » hurla une femme au visage cramoisi.

A ce moment, un homme vit Alice. En deux bonds, il fut près d'elle, l'empoigna par l'épaule en vociférant.

« La voilà, la coupable! C'est elle! »

Alice repoussa l'homme et le regarda avec stupeur.

« Un peu de calme, s'il vous plaît. Qu'est-ce qui vous prend? »

Les voyageurs accouraient.

« Oui, oui, c'est elle! C'est elle! » criaient-ils à tour de rôle.

Mlle Roy fit un pas en avant.

« J'aimerais savoir de quoi vous accusez ma nièce », fit-elle d'une voix très calme.

Pour toute réponse, l'homme sortit une brochure de sa poche et pointa le doigt sur une photographie. L'image, imprimée sur du papier très ordinaire, était légèrement voilée. On distinguait cependant un homme au visage rond et une jeune fille, qui, incontestablement, ressemblait à Alice.

« Regardez la preuve! gronda le voyageur furieux. Que quelqu'un aille chercher la police! »

Ce n'était pas la peine, déjà deux inspecteurs se frayaient un chemin à travers la foule.

« Que se passe-t-il? demanda l'un d'eux.

— Cette fille nous a vendu des billets pour un hôtel qui n'existe pas. C'est une voleuse de la pire espèce. Je veux qu'on nous rende notre argent! cria l'homme.

— Non, ce n'est pas elle! protestèrent à l'unisson Mlle Roy, Bess et Marion. Il y a erreur de personne. »

L'inspecteur se planta devant Alice.

« Qu'avez-vous à dire pour vous justifier? »

Brièvement, Alice expliqua qu'une jeune fille — lui ressemblant — et son associé avaient escroqué ces gens en leur faisant payer un voyage touristique inexistant. Elle termina en disant :

« Je n'ai rien à voir dans cette affaire. Mes amies et moi, nous venons tout juste d'arriver en voiture, et voici ma tante. Elle a loué un chalet sur la baie où nous nous disposions à nous rendre. »

Le voyageur irascible mit sa brochure et son billet d'hôtel sous le nez des inspecteurs.

Ceux-ci examinèrent le cliché, puis l'un d'eux déclara que la jeune fille photographiée n'était sûrement pas Alice. Il pria cette dernière de lui montrer son permis de conduire. Bess, Marion et Mlle Roy présentèrent également le leur.

Le voyageur baissait la tête, nullement convaincu.

« Qu'allons-nous devenir? maugréa-t-il. Nous avons versé une somme considérable pour notre maigre budget et nous n'avons pas un endroit ou aller, ni les moyens de regagner New York. »

L'inspecteur promit de faire l'impossible pour trouver rapidement une solution. Se tournant vers Mlle Roy, il dit avec le sourire :

« Je suis désolé que notre ville vous ait réservé un accueil aussi déplaisant. Permettez-moi de vous souhaiter d'agréables vacances qui vous feront oublier ce pénible incident. »

Mlle Roy le remercia et s'éloigna en compagnie des jeunes filles portant ses valises.

« Tiens! Voilà le chauffeur de mon car, dit Mlle Roy en leur montrant un homme qui traversait la rue.

— Hum! Un bel homme! » fit Bess, admirative.

Ce fut un groupe joyeux qui s'entassa dans la voiture d'Alice.

Mlle Roy fit prendre à sa nièce une route qui surplombait d'une trentaine de mètres le lac à la surface « aussi brillante et lisse qu'un miroir ». Çà et là, un voilier filait, poussé par une brise légère. Sur les plages, des camps de vacances avaient établi leurs tentes. Des enfants nageaient en riant et s'éclaboussaient.

Sur la droite, s'élevait une pente boisée et escarpée, coupée de loin en loin par une maison ou un garage.

Après avoir roulé pendant une huitaine de kilomètres, les voyageuses arrivèrent à un petit emplacement de parking. Elles descendirent de voiture, sortirent les valises du coffre et s'engagèrent sur un sentier qui menait à la rive. Peu après, un joli chalet leur apparut. Bien qu'il donnât sur la baie, il était à quelques mètres seulement du chenal qui débouchait dans le lac proprement dit.

« Bienvenue à la Baie du Miroir, dit Mlle Roy. J'espère que vous vous plairez ici et éluciderez le mystère de la Dame du Lac.

— Qui est cette Dame du Lac? demanda la curieuse Bess.

— C'est ainsi que j'ai baptisé la femme qui marche sur l'eau », répondit Mlle Roy.

Le chalet était rustique. Une grande terrasse couverte donnait à l'ouest sur le lac, au nord sur la baie. Il y avait une grande salle de séjour avec une cheminée immense, une cuisine très bien équipée et trois chambres de belles proportions. Mlle Roy en attribua une à Alice, une autre aux deux cousines et se réserva la troisième. Les voyageuses, fatiguées par la chaleur enfilèrent un maillot de bain et se précipitèrent vers la plage.

« Comme l'eau est bonne! s'écria Marion en s'éloignant d'un crawl puissant en direction du lac.

— Reviens! hurla Bess. Il y a bien assez de fond pour nager ici. »

Marion fit demi-tour.

« Je serais capable de traverser le lac sans m'arrêter », dit-elle, fâchée.

Avec un sourire, elle reprit :

« Bah! Je me vante. »

Rafraîchies, mises en appétit par ce bain, les jeunes filles obligèrent Mlle Roy à s'asseoir sur la terrasse pour contempler le coucher de soleil pendant qu'elles préparaient le souper.

« Je me demande ce que deviennent ces malheureux touristes, dit Bess.

— Et moi, je me demande où est cette fille qui me ressemble », fit Alice.

Les occupantes du chalet se couchèrent tôt et dormirent comme des souches. Alice se réveilla de bonne heure, se leva et alla jeter un coup d'œil par la fenêtre ouvrant sur la baie. La brume n'était pas encore levée.

« Un temps rêvé pour la femme mystérieuse, se dit la jeune fille. En tout cas, cela ne fera de mal à personne si je vais m'en assurer. Il est possible que cette histoire ait été forgée de toutes pièces pour attirer les touristes amateurs de sensationnel. »

Sans bruit, Alice enfila des babouches et passa sur la terrasse. Elle eut un brusque sursaut. Etait-ce un tour de son imagination ou voyait-elle une silhouette glisser sur l'eau, tel un fantôme?

CHAPITRE II

UN SORCIER?

ALICE eut beau descendre en courant les marches qui conduisaient à la plage, elle ne vit personne à travers la brume. La femme se seraitelle éloignée de la rive?

Perplexe, la jeune fille scruta la baie. Très lentement, le voile humide se dissipait. Elle distinguait plus clairement les contours. Aucune silhouette ne lui apparut.

« Si je n'ai pas eu une vision, où cette femme peut-elle bien avoir disparu? » se demandait Alice.

Une pensée lui vint. La mystérieuse inconnue l'avait sans doute vue arriver et avait plongé sous l'eau.

Soudain, elle aperçut un petit morceau de papier qui flottait près du rivage. Curieuse par nature et pensant que la créature spectrale pouvait l'avoir perdu, Alice s'empressa d'aller le ramasser. C'était un fragment de lettre.

La jeune fille l'emporta sur la terrasse, la sécha de son mieux avec un mouchoir et entreprit de déchiffrer ce qui y était écrit. La plupart des mots étaient illisibles, une seule phrase avait été épargnée par l'eau.

Accompagné de larmes, le carrosse de la pauvre enfant s'enfonça près de...

« Comme c'est étrange! murmura Alice. Qu'est-ce que cela peut bien vouloir dire? »

Elle s'assit sur un fauteuil à bascule et se plongea dans ses réflexions. Ce fut ainsi que sa tante la trouva.

« Tiens! Tu es ici! fit-elle. J'avais remarqué que ton lit était vide et je me demandais où tu étais partie? »

Alice embrassa sa tante et lui raconta son aventure.

« Jouons aux devinettes, proposa-t-elle ensuite. Que signifient ces mots bizarres? »

Mlle Roy se mit à rire.

« Je n'en ai pas la moindre idée, mais c'est encore une énigme que tu résoudras, j'en suis convaincue. »

Se penchant, elle passa affectueusement le

bras autour des épaules de sa nièce. Alice souhaita de tout son cœur ne pas la décevoir.

Bess et Marion firent irruption sur la terrasse. Alice s'empressa de leur montrer le fragment de lettre et de leur répéter ce qu'elle avait raconté à Mlle Roy.

« Brrr! fit Bess. Je n'aime pas beaucoup les fantômes. Serait-ce la Dame du Lac qui a laissé tomber ce papier?

— Je n'en sais rien, mais j'aimerais bien en retrouver l'auteur. Ces quelques mots m'intriguent beaucoup. Je voudrais en connaître le sens.

— Comment le pourrais-tu? répondit Bess. Tu n'as pour tout indice qu'un fantôme enveloppé de brume. »

Alice sourit et garda le silence. Mlle Roy leur suggéra de s'habiller avant de prendre le petit déjeuner.

« D'ici là, tu auras trouvé une réponse aux questions que tu te poses, Alice. A propos, je vais en ville faire des courses. Vous n'avez pas besoin de la voiture, les unes ou les autres?

— Non, répondit Alice. J'ai envie de me promener un peu aux alentours et de demander aux voisins si ce papier appartient à l'un d'eux. »

Après le départ de Mlle Roy, les trois amies balayèrent, époussetèrent les pièces, fermèrent le chalet à clef et grimpèrent la colline jusqu'à la route. Elles prirent à pied la direction de Cooperstown et ne tardèrent pas à croiser un groupe de jeunes campeurs sous la conduite d'un moniteur. Alice lui demanda s'il n'avait pas entendu quelqu'un se plaindre d'avoir égaré une lettre.

« Non, répondit le moniteur, jeune homme sportif et courtois. En avez-vous trouvé une?

— Oui. Une partie du moins », précisa Alice.

Elle voulut savoir ensuite si le moniteur avait entendu parler de la Dame du Lac.

Les jeunes garçons et le moniteur éclatèrent d'un rire joyeux.

« Oui, répondit le moniteur, nous connaissons tous cette légende, dit-il. Bien entendu personne n'y ajoute foi. »

Changeant de sujet, il demanda aux jeunes filles où elles résidaient. Alice le lui apprit.

« Ne vous étonnez pas si certains d'entre nous viennent vous rendre visite, reprit le moniteur. Le chalet de la Baie du Miroir est connu comme pause Coca-Cola.

« Ah! fit Bess en souriant. Je comprends pourquoi il y a un réfrigérateur marqué « Coca-Cola » dans un angle de la terrasse. »

Les jeunes garçons acquiescèrent de la tête.

« Si vous vous arrêtez au passage, dit Marion, apportez-nous des précisions sur la femme voilée de brume. »

Le moniteur s'esclaffa et entraîna les garçons.

Bientôt, les jeunes filles arrivèrent à un village de vacances dont les cabanes dévalaient la colline entre la route et l'eau. S'arrêtant devant chaque porte, elles s'enquirent du propriétaire de la lettre déchirée. Elle n'appartenait à personne, et la plupart des vacanciers s'étonnèrent d'une recherche aussi dénuée d'intérêt.

« Rentrons, implora Bess. Nous n'apprendrons rien et cette enquête m'ennuie horriblement. »

Alice regrettait d'avoir à renoncer à son entreprise, mais elle accepta cependant. De retour au chalet, Marion annonça qu'elle allait se baigner.

« Je veux m'exercer à glisser sur l'eau, déclara-t-elle.

— Je serais bien étonnée que tu y parviennes! » dit Alice en courant se changer.

En deux temps trois mouvements, elles furent en maillot de bain et se précipitèrent dans l'eau. Après avoir nagé un peu, Alice s'arrêta pour examiner la ligne du rivage. Elle repéra des empreintes de pas qui ne semblaient conduire nulle part.

Juste à ce moment, Marion l'appela :

« Alice, regarde-moi glisser sur l'eau! »

Alice se retourna. Stupéfaite, elle vit son amie littéralement glisser à la surface de la baie. Avant qu'Alice ait eu le temps de comprendre, Marion plongea soudain, et la tête et les épaules de Bess émergèrent.

Elles éclatèrent de rire.

« Bien joué! cria Alice. Tu m'as eue! Bravo, Bess. Comment as-tu fait pour garder aussi longtemps ton souffle et soutenir Marion?

— Je n'aurais pas résisté une seconde de plus, répondit Bess. La prochaine fois, c'est Marion qui marchera au fond. »

Sa cousine fit la grimace.

« D'accord, je suis forte, mais il me faudrait des muscles de débardeur pour te porter. Tu pèses au moins une tonne! »

Bess enfonça vivement la tête de Marion sous l'eau avant qu'elle ait eu le temps de s'enfuir. Alice rit de bon cœur. Tout à coup, son visage redevint sérieux. Une idée venait de lui traverser l'esprit. Serait-ce ainsi que la femme mystérieuse accomplissait sa promenade aquatique?

Elle fit part de son hypothèse à ses amies.

« Oui, mais dans quel but le ferait-elle? » conclut-elle.

Bess poussa un profond soupir.

« Nous ne sommes pas ici depuis vingt-quatre heures!... Laissez-moi souffler un peu et prendre des vacances avant de m'obliger à faire fonctionner le peu de cervelle que je possède! Et puis, je meurs de faim. Allons préparer le déjeuner. »

Elles mettaient la dernière touche à une délicieuse salade hawaïenne quand Mlle Roy revint, lourdement chargée de victuailles.

« Hourrah! s'écria Marion. Il y a de quoi nourrir une armée! »

Les yeux de Bess étincelaient.

« Miam! fit-elle en sortant des pots de confiture d'un sac. Pêches, fraises, ananas... »

Marion lui décocha un regard sévère.

« Attention à ta ligne. Tu vas encore grossir! »

Bess s'apprêtait à riposter aigrement, car elle était très susceptible sur le chapitre de son léger embonpoint, mais Mlle Roy intervint à temps. Elle annonça qu'elle avait deux surprises pour les jeunes filles.

« D'abord : j'ai loué un voilier pour toute la durée de votre séjour ici.

— Tu es un ange! s'exclama Alice. Merci! »

Et elle embrassa sa tante avec fougue.

Mlle Roy précisa que le voilier, le *Baracuda*, était amarré à l'embarcadère principal de Cooperstown.

« Pourrons-nous aller le chercher dès cet après-midi? demanda Marion, pleine d'enthousiasme. Je brûle d'impatience de voir comment il répond au vent.

— Tante Cécile, dit Alice, quelle est la seconde surprise?

— A vrai dire, il s'agit moins d'une surprise que d'un danger qui vous menace, fit Mlle Roy en hochant la tête.

— Lequel?

— Au sortir de la ville, j'ai croisé une jeune fille qui marchait à vive allure sur la route. Sa ressemblance avec toi m'a frappée. Je me demande si ce n'est pas elle que les malheureux touristes accusent d'escroquerie. »

Alice fronça les sourcils. C'était vraisemblable. La police recherchait cette fille. Pourvu qu'on ne la confonde pas encore avec elle.

« Je me tiendrai sur mes gardes, promit-elle. Je n'ai aucune envie de m'entendre de nouveau traiter de voleuse, ni d'être malmenée. C'est une expérience plutôt désagréable. »

A deux heures, Mlle Roy et les trois amies partirent en voiture pour Cooperstown. A mi-chemin, à l'endroit où la colline boisée s'élevait en pente raide au-dessus de la route, des appels au secours retentirent.

Alice freina et se gara sur l'accotement.

« D'où ces cris partaient-ils? » demanda-t-elle.

L'appel se répéta, plus angoissé encore. Impossible de déterminer s'il venait de la montagne ou de l'espace séparant la route de la plage. Mlle Roy et les trois jeunes filles sortirent vivement de voiture.

« Séparons-nous. Quelqu'un est en danger, dit Alice. Tante Cécile et Bess, descendez vers la plage, pendant ce temps, j'escaladerai la colline avec Marion. »

Les deux groupes s'élancèrent aussitôt. Alice et Marion avaient à peine parcouru quelques mètres dans les bois quand elles virent une jeune fille dévaler la pente à toute vitesse. Agée d'une vingtaine d'années, elle était ravissante. Le visage livide de frayeur, elle jetait sans cesse un regard en arrière.

« Que se passe-t-il? » cria Alice.

A bout de souffle, la malheureuse se laissa tomber à terre près des deux amies en balbutiant :

« Le sorcier!... Il est là-haut!... N'allez pas plus loin!... »

CHAPITRE III

YO, LE CONTEUR

« NE CRAIGNEZ rien, dit Alice. Vous êtes en sécurité, maintenant. »

Elle passa un bras autour de la taille de l'inconnue, dont Marion avait pris la main.

« Oui, vous êtes en sécurité, répéta Marion. Notre voiture est en bas. Venez vous y asseoir. Ensuite vous nous direz la cause de votre frayeur. »

La jeune fille laissa échapper un profond soupir.

« Non, ce n'est pas nécessaire. Il faut que je retourne au camp. »

Elle tendit le bras en direction de la baie.

« Je suis monitrice d'une colonie de vacances Je n'aurais pas dû m'aventurer seule aussi loin.

— Nous allons vous reconduire, proposa Alice. Pourquoi nous avez-vous conseillé de ne pas monter plus haut?

— Parce qu'il y a un sorcier... un vrai!... une créature horrible. Un homme, je suppose... Il est effrayant à voir. Il porte un costume vert qui se confond avec le feuillage et il est entouré d'un étrange halo. Ce ne serait pas terrifiant sans son visage... d'une teinte verdâtre, sinistre!

— Et ses cheveux. De quelle couleur sont-ils? » voulut savoir Alice.

Cette description l'intriguait, non sans raison.

« Je ne me souviens pas de les avoir vus. Je crois que son costume comportait un capuchon. »

La jeune inconnue laissa échapper un nouveau soupir.

« A vrai dirc, j'ai eu si peur que j'ai failli me trouver mal. Sans s'approcher, il a tendu un doigt vers le bas de la colline en disant d'une voix sépulcrale :

« Allez-vous-en! Ne revenez jamais sinon je vous changerai en pierre. »

La jeune fille changea soudain d'humeur. Elle éclata de rire.

« Quelle bécasse, je suis! fit-elle. Il n'y a pas de sorciers. Ce sont des contes de nourrice. Surtout, n'allez pas dire aux petites de la colonie que j'ai été prise de panique à la vue de ce que j'ai pris pour une créature imaginaire. Elles se moqueraient de moi. A propos, je ne me suis même pas présentée. Je m'appelle Tina Jones. Et vous? »

Alice et Marion se nommèrent, ravies que la jolie inconnue eût surmonté sa peur. Elles étaient cependant convaincues qu'elle avait bel et bien rencontré un homme au visage verdâtre, vêtu d'un costume vert. Il devait s'éclairer avec une torche électrique pour se rendre plus impressionnant.

« Avez-vous vu autre chose sur la montagne? demanda Alice.

— Non. Vous voulez dire une cabane, une tente, enfin un abri quelconque? Non, je n'ai rien remarqué de semblable. Pourquoi cet homme s'est-il livré à une aussi mauvaise plaisanterie? »

Marion sourit.

« Il veut sans doute éloigner les curieux. »

Les trois jeunes filles se mirent en marche. Soudain, Tina écarquilla les yeux.

« Vous le soupçonnez de faire partie d'une bande de malfaiteurs ayant installé leur repaire dans les bois? dit-elle.

— C'est une éventualité, répondit laconiquement Marion.

— Je suis étudiante en botanique, reprit Tina. J'étais montée dans l'espoir de trouver ces champignons phosphorescents qui poussent, dit-on, sur les souches d'arbre.

— J'en ai entendu parler, répondit Alice, mais je n'en ai pas vu.

— Le programme du trimestre prochain portera exclusivement sur les champignons. Notre professeur m'a conseillé de chercher au cours de l'été des espèces phosphorescentes. Tant pis, j'au-

rai une mauvaise note, mais pour tout l'or du monde je ne retournerai pas là-haut.

— Je ne saurais vous en blâmer, dit Marion en riant. Si vous changez d'avis, prenez la précaution d'emmener des compagnons, et surtout pas vos jeunes campeuses. »

Tout en conversant, elles étaient arrivées à la voiture. Bess et tante Cécile revenaient de la plage. Alice leur présenta Tina. Marion résuma la mésaventure dont la jeune monitrice avait été victime.

« Quelle horreur! » s'écria Bess avec une amusante conviction.

Elle n'appréciait guère les fantômes, vrais ou faux.

Mlle Roy et les jeunes filles s'entassèrent dans la voiture et prirent le chemin du camp.

« Un jour, à Cooperstown, j'ai rencontré un

garçon — ou plutôt un jeune homme, dit Tina. Il m'a raconté qu'il y avait un sorcier sur la montagne. Autour de lui les gens riaient et prétendaient qu'il ne cessait d'inventer de nouvelles histoires, toutes plus folles les unes que les autres. Maintenant, je le croirai.

— Comment s'appelle-t-il? demanda Alice, intéressée.

— John Bradley, mais on le surnomme Yo. Il travaille au port des voiliers. J'ai l'impression qu'il est plus âgé qu'il ne le paraît. C'est un personnage dans la ville! Tout le monde le connaît et il connaît tout le monde, je crois. »

Elles étaient arrivées à l'entrée du camp. Tina descendit de voiture.

« Merci beaucoup, dit-elle. Si vous apprenez quelque chose sur l'homme vert, faites-le-moi savoir, je vous en prie.

— Promis, répondit Alice. A bientôt! »

Elle ferma la portière puis démarra.

Durant le trajet jusqu'à la ville, la conversation tourna autour de l'étrange rencontre faite par la monitrice. Qui était cet homme? Présentait-il un danger pour d'autres?

« Moi qui espérais trouver repos et joie à la Baie du Miroir, gémit Bess. Voilà qu'en moins de deux jours, nous nous heurtons à deux mystères. Un par jour, voilà qui promet!...

— ... Et qui enchante ma chère nièce », enchaîna tante Cécile en riant de bon cœur.

Alice grimaça un sourire.

« Je serai plus heureuse encore quand je les aurai élucidés. Je vais commencer par interroger Yo. »

Elle prit la direction du port de plaisance.

Avant de chercher le voilier loué par Mlle Roy, elle demanda à l'employé de service où était Yo. Il lui montra, au bout du quai, un jeune homme replet, au visage rond qui, assis, faisait tourner un cure-dent entre ses doigts. En approchant, Alice l'entendit fredonner. Il avait une voix mélodieuse et tendre.

En entendant le pas d'Alice, il leva la tête.

« Vous êtes bien Yo? demanda-t-elle.

— Oui, répondit-il. Vous désirez quelque chose? »

Alice prit place à côté de lui.

« Yo, dit-elle, une monitrice d'un camp de vacances installé au bord du lac m'a raconté qu'elle avait vu un homme au visage verdâtre, habillé d'un costume vert, et entouré d'une sorte de halo lumineux.

— La description est exacte. Mais il ne m'a pas fait peur à moi, fanfaronna Yo.

— Savez-vous qui est cet homme?

— Non. C'est un sorcier, répondit Yo. Si l'on s'approche de lui, il profère des menaces. Il m'a crié : « Saute dans le lac, mon garçon, et ne « remonte pas à la surface! »

— Charmant individu! commenta Alice. Que pouvez-vous me dire d'autre à son sujet? Vit-il sur la montagne?

— Cela m'étonnerait. Je la connais à peu près comme ma poche et je n'ai jamais repéré la moindre cabane aux alentours de l'endroit où il apparaît. Il se peut qu'il vienne de loin.

— Pourquoi apparaît-il toujours à cet endroit précis? demanda Alice.

— Je l'ignore. »

Yo changea brusquement de sujet.

« Vous êtes nouvelle venue ici, n'est-ce pas? Je vous ai aperçue à l'arrêt du car, hier. Avez-vous été, vous aussi, roulée par les escrocs?

— Non. C'est ignoble, ce qu'ils ont fait! Une de leurs complices me ressemble, dit-on. L'auriez-vous rencontrée dans les parages?

— Oh! oui. Plusieurs fois même. »

Alice marqua sa surprise.

« Vous ne voulez pas dire qu'elle habite ici? »

Yo déclara ne pas en avoir la moindre idée. Plusieurs fois, il l'avait vue marcher sur la route du lac et couper ensuite à travers la forêt.

Y aurait-il un lien entre cette fille et l'homme vert? se demandait Alice. Seraient-ils tous deux associés dans une affaire d'escroquerie? Peut-être y avait-il plusieurs complices cachés dans la montagne, préparant et exécutant des mauvais

« Si l'on s'approche de lui, il profère des menaces. » →

coups. Alice ne formula pas ces questions à haute voix. Après s'être entretenue encore un peu avec Yo, elle se leva.

« Comment vous appelez-vous? fit Yo. Et où habitez-vous? »

Alice ne chercha pas à lui cacher son identité. De toute manière, il l'aurait apprise en consultant la liste des locations de voiliers. Elle ajouta qu'elle vivait avec sa tante et deux amies.

« Yo, la police recherche la jeune fille qui me ressemble. Si vous l'apercevez dans les alentours, prévenez-moi aussitôt.

— Entendu, je le ferai, promit-il. Vous avez éveillé ma curiosité. J'aimerais savoir qui elle est. »

Il se leva pour accompagner Alice jusqu'au bureau où Mlle Roy réglait la location du voilier.

« Savez-vous manœuvrer? demanda Yo avec une nuance de condescendance.

— Oui, assez bien », répondit-elle.

Le jeune homme eut un sourire amusé. Alice aurait aimé connaître sa pensée. Au lieu de lui fournir une explication, il déclara :

« J'ai un petit bateau avec un moteur hors bord. Un de ces jours, je pousserai une pointe de votre côté. »

Alice le présenta à Mlle Roy, à Bess et à Marion. Après s'être poliment incliné devant chacune, Yo s'éloigna, le sourire aux lèvres.

« C'est l'inventeur de bobards? demanda Marion quand il fut hors de portée de voix.

— Ce ne sont peut-être pas des bobards, protesta Bess. Qui te dit que ces histoires ne sont pas vraies? Tina n'a rien inventé, elle, j'en suis persuadée. »

Poussant un profond soupir, Bess acheva sur un ton tragique :

« Cette montagne est lugubre. Des fantômes s'y promènent la nuit! Un malheur nous menace! »

Mlle Roy, Alice et Marion éclatèrent de rire. Puis reprenant leur sérieux, elles discutèrent un point important : qui conduirait le voilier à la Baie du Miroir? Il fut finalement décidé qu'Alice et Marion embarqueraient, tandis que Bess et Mlle Roy rentreraient au chalet en voiture.

Tout en débordant du quai, Alice ne cessait de penser au sourire bizarre qui avait effleuré les lèvres de Yo. Des vents défavorables soufflaient-ils sur le lac et sur la baie? Allaient-elles se trouver en difficulté? Ou bien Yo savait-il au sujet des apparitions sur la montagne quelque chose qu'il se gardait de dire?

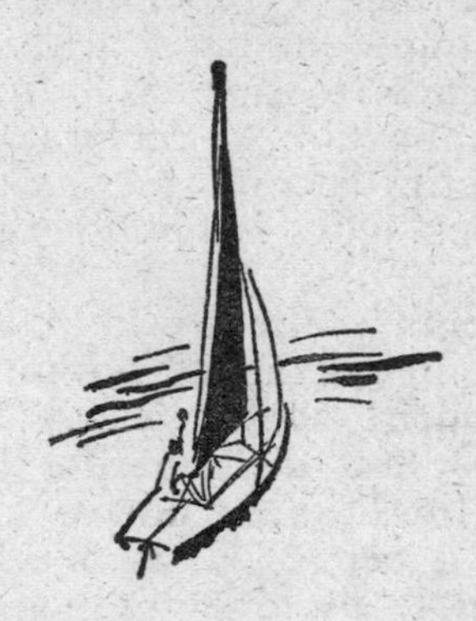

CHAPITRE IV

UNE APPARITION MENAÇANTE

LE VOILIER filait sur le lac. Alice se détendit. La journée était splendide, l'eau calme. Une bonne brise gonflait la toile. Les jeunes filles purent admirer la Tour et le Rocher du Conseil, souvenir du temps des Indiens.

« Sais-tu que le lac mesure près de quatorze kilomètres de long, dit Alice à son amie. Tout au bout se dresse le mont Wellington, plus connu sous le nom de Lion-Endormi à cause de sa forme.

— Il en a tout à fait l'air, approuva Marion.

— J'ai lu un ouvrage sur l'histoire de cette région, reprit Alice. Le village a été fondé par William Cooper, père du célèbre Fenimore Cooper. Il devint juge par la suite et on rapporte une anecdote amusante à propos de sa femme. Il aimait les espaces désertiques et, très jeune, décida de partir de Burlington, dans le New Jersey, et de s'installer ici. Sa femme n'en avait aucune envie; elle refusa de bouger de son fauteuil préféré. Décidé à ne pas se laisser faire, Cooper fit porter le fauteuil et sa femme sur un chariot bâché et les conduisit dans la maison qu'il avait fait construire près du lac. »

Marion rit de bon cœur.

« Elle devait être furieuse! Si jamais mon futur mari s'avisait de me jouer un tour pareil, je ne lui adresserais plus la parole de tout un mois.

— Je préviendrai ton ami Bob », plaisanta Alice.

Marion lui fit une grimace.

« Moi aussi, j'ai une histoire à raconter, dit-elle. Sur la rive est de ce lac vivait un homme nommé Prévost. Un jour, il écrivit à un ami que ses enfants avaient tous la coqueluche. Cela n'aurait rien eu d'extraordinaire si ledit M. Prévost n'avait eu vingt et un enfants! Quel concert! »

Ce fut au tour d'Alice de s'esclaffer. Tout à coup, elles virent deux garçons qui semblaient en difficulté à bord d'un canoë.

Ils avançaient en utilisant leurs bras comme des rames pour attraper les pagaies qu'ils avaient perdues. Leurs efforts semblaient vains. Alice et Marion décidèrent de se porter à leur secours.

En manœuvrant adroitement, elles réussirent à passer au ralenti contre les pagaies. Se penchant par-dessus bord, Marion les prit. Les jeunes garçons attendaient, mains tendues.

« Bravo! cria l'un d'eux, et merci beaucoup.

— Vous vous débrouillez bien avec les bras, fit Marion avec un sourire.

— Je préfère pagayer, ça va plus vite! » rétorqua l'autre garçon, qui déclara s'appeler Toby.

Alice voulut savoir s'il leur arrivait de se promener dans les bois.

« Bien sûr, dit Toby.

— N'auriez-vous pas rencontré un homme étrange sur la montagne?

— Non, répondit Toby, nous avons cependant entendu des bruits bizarres.

— De quel genre? s'enquit Alice.

— On aurait dit un ronronnement de moteur... ou quelque chose du même genre. Ce n'était pas très fort.

— Vous n'avez aucune idée d'où cela venait? »

Les deux jeunes garçons se regardèrent, gênés.

« Ne vous moquez pas de nous, dit enfin Toby, nous nous sommes enfuis à toutes jambes parce que nous avions peur. »

Alice eut un sourire amusé, puis le rassura. Il n'y avait pas de quoi avoir honte.

« Auriez-vous vu aussi une femme glissant sur l'eau, non loin d'ici? » demanda-t-elle encore.

Cette fois, les deux garçons se mirent à glousser.

« Vous plaisantez, dit Toby. Nous ne sommes plus au temps des fées! »

Levant les pagaies en signe d'adieu, ils s'éloignèrent. Quelques minutes plus tard, Alice et Marion abordaient au ponton de la Baie du Miroir où Mlle Roy et Bess les attendaient.

« Le *Baracuda* est un voilier magnifique! s'écria Alice. Tu es un amour, tante Cécile, de l'avoir loué! »

Tout en montant au chalet, elle leur parla du bizarre sourire que Yo avait eu — sourire qui ne cessait de l'intriguer.

« Ne te tourmente pas, dit Mlle Roy. Yo est un curieux personnage. Si tu lui en avais donné l'occasion, il t'aurait sans doute raconté une histoire extraordinaire sur le *Baracuda.* »

Bess déclara qu'elle avait chaud et désirait se baigner.

« Qu'en dites-vous, Alice et Marion? » demanda-t-elle.

La réponse fut unanime. Cinq minutes plus tard, les trois amies se retrouvaient sur la plage en tenue de bain. Alice proposa de plonger pour essayer de découvrir ce que la Dame du Lac cherchait.

« Je suis persuadée qu'elle était en quête de quelque chose parce qu'elle avait la tête baissée et la tournait de côté et d'autre. »

A tour de rôle, les jeunes filles plongèrent. La baie était si claire que l'on pouvait voir aussi loin que le soleil pénétrait dans l'eau. Elles raclèrent un peu le sable du fond, déplacèrent des galets, sans rien trouver d'intéressant.

Au bout d'un moment, toutefois, Marion refit surface en criant d'une voix triomphale :

« J'ai fait une trouvaille ».

Elle entraîna ses amies vers l'endroit où gisait l'épave d'une embarcation à rames.

Il fallut les efforts combinés des trois jeunes filles au cours de brèves périodes de plongée pour retourner la barque et la ramener à la surface.

« Elle flotte encore, dit Marion. Croyez-vous que c'est elle que cherchait la femme mystérieuse? »

Alice haussa les épaules en signe d'ignorance.

« Examinons-la toujours », décida-t-elle après avoir aidé ses amies à la haler sur la plage.

Elles ouvrirent les deux coffres. Ils ne contenaient qu'un assortiment de vieux chiffons. Sous le caillebotis, rien n'était caché.

« S'il est arrivé à cette épave de détenir un secret, il a depuis longtemps été emporté par le courant ou rongé par les vers », décréta Marion.

Alice approuva cette conclusion.

« Laissons cette barque ici, dit-elle, pour que la Dame du Lac puisse y jeter un coup d'œil. »

Bess, jusque-là silencieuse, formula sa pensée.

« Tu ne cesses pas de parler de cette apparition comme s'il s'agissait d'une personne réelle. Je pense plutôt que c'est une illusion d'optique créée par des écharpes de brume enroulées au gré de la brise. »

Alice ne répondit pas; elle était persuadée que l'étrange créature était faite de chair et d'os et non de fines gouttelettes d'eau.

Très affamées, les amies aidèrent Mlle Roy à préparer le dîner. Une heure plus tard, elles se mettaient à table.

« Ce poulet à l'ananas est un régal, dit Marion. Bravo! Alice, tu es une fine cuisinière.

— Ce n'est rien à côté du dessert préparé par Bess », répondit la jeune fille en adressant un clin d'œil complice à son amie.

De larges sourires éclairèrent les visages de Mlle Roy et de Marion quand Bess revint de la cuisine apportant un gâteau au chocolat, garni de grosses noix et nappé de crème fouettée. Elle servit en premier Mlle Roy.

Après y avoir goûté, celle-ci déclara en retenant avec peine son envie de rire :

« C'est bon, mais je préfère les noix ordinaires aux noix conservées au vinaigre.

— Des noix au vinaigre? » répéta Bess, ahurie.

Mlle Roy fit un signe de tête affirmatif.

« Vous les avez prises dans un pot que j'ai rapporté du village. C'est une recette très ancienne. Autrefois, on faisait des conserves au vinaigre avec toutes sortes de légumes et de fruits, et même des cerneaux, du persil, des graines de capucine. »

Après la première bouchée, les dîneuses s'accoutumèrent à ce dessert assez original. Bess

voulut même se tailler une seconde tranche; ce que voyant, Marion la fusilla du regard.

« Si tu ne te modères pas, dit-elle, tu vas devenir ronde comme une boule. Placée au haut d'une côte, tu dévaleras toute seule jusqu'en bas.

— Oh! Je t'en prie, gronda Bess. Epargne-moi tes remarques! »

Mlle Roy et Alice n'eurent pas besoin de se consulter pour détourner la conversation. Inutile de laisser une querelle éclater entre les deux cousines qui ne résistaient pas au plaisir de se taquiner. Mais sur le sujet brûlant de sa silhouette, Bess se montrait très susceptible, et la dispute risquait de s'envenimer.

Quand elles eurent desservi et rangé la cuisine, Alice demanda :

« Qui m'accompagne sur la colline? J'aimerais savoir si la légende du sorcier vert est vraie ou fausse? »

Marion se proposa aussitôt. Bess fut plus réticente.

« Et toi, tante Cécile? dit Alice.

— Il n'est pas qucstion que je vous laisse aller seules, répondit Mlle Roy en souriant. En outre, j'ai grande envie de faire la connaissance de ce personnage mythique. Mettons-nous vite en route. »

Armée chacune d'une torche, elles partirent. Après avoir gravi la pente pendant dix minutes environ, elles entendirent un bruit de pas. Un homme s'avançait vers elles. Il était habillé en bûcheron et portait une sacoche contenant vraisemblablement des outils.

« Bonsoir », dit-il cordialement. Puis il ajouta : « Est-il bien prudent pour des femmes de se promener aussi tard dans ces parages? Il y a beaucoup de trous le long de cette prétendue piste. Vous risquez fort de vous faire une entorse à la cheville, ou de vous casser la jambe.

— Merci de nous avoir prévenues, répondit Mlle Roy. Ne vous inquiétez pas, nous sommes de vraies montagnardes. »

L'homme fronça les sourcils, visiblement ennuyé. Il était assez petit, mais bâti en force.

« C'est possible, cependant je vous conseille de ne pas aller plus loin dans l'obscurité. C'est trop dangereux. Je vais vous accompagner jusqu'en bas, si vous le permettez. »

Après l'avoir un peu sèchement remercié de sa sollicitude, Alice déclara qu'elles poursuivraient leur promenade. Elle fut tentée de lui demander s'il avait croisé l'homme vert, mais l'instinct lui commanda de n'en rien faire.

Sans ajouter un mot, l'homme s'éloigna. Mlle Roy et les jeunes filles continuèrent leur escalade. Tout à coup, mille petites lumières se mirent à briller dans les bois.

« Des lucioles! s'exclama Alice. Sur le chemin du retour, attrapons-en; nous les mettrons dans un bocal en verre et nous les regarderons éteindre et allumer leurs minuscules lanternes. »

Elles allaient d'un bon pas tout en devisant quand, soudain, elles entendirent un coup de sifflet strident.

« Qu'est-ce que c'est? demanda Marion.

— Un signal sans doute, répondit Alice. Le son venait d'en bas. L'homme que nous avons croisé avertit peut-être ses amis que nous sommes dans les parages. »

Bess prit un air malheureux.

« Nous nous précipitons encore une fois au-devant d'ennuis, gémit-elle. Je vous en prie, retournons au chalet! »

Elle était la seule à vouloir interrompre la chasse au sorcier. Contrairement aux allégations de l'homme habillé en bûcheron, elles n'avaient pas mis le pied dans des trous. A la lueur de leurs torches électriques, elles distinguaient parfaitement les irrégularités — assez rares — du terrain.

Bess se montrait de plus en plus inquiète.

« Je vous assure que c'est pure folie de continuer. Fiez-vous à mon intuition, renonçons à cette entreprise. »

Alice ne voulut rien entendre.

« Si des gens conduisent des opérations illégales sur la montagne, ils ont sûrement été prévenus de notre approche, dit-elle. Prenons des précautions. »

Elle pria sa tante et les deux cousines d'éteindre leurs lampes et de garder le silence.

« Cachons-nous derrière les arbres », ajouta-t-elle.

Cinq minutes plus tard, à une courte distance d'elles, l'homme vert surgit à l'improviste. Il était enveloppé d'une lumière spectrale qui vacillait, et son visage avait une étrange teinte bleu verdâtre.

« Oh! » cria involontairement Bess.

Une voix sonore s'éleva. Venait-elle de l'homme vert ou d'une autre personne dissimulée aux alentours?

« Je suis le sorcier, disait cette voix. Rentrez chez vous sans vous retourner! Sinon, prenez garde! »

CHAPITRE V

UN SAUVETAGE MOUVEMENTÉ

BESS dévalait déjà la colline à toutes jambes, sa torche braquée sur le sol.

« Venez, criait-elle sans ralentir. Vite! Vite! »

Alice et Marion semblaient hypnotisées par l'étrange figure. Mlle Roy les pressa de fuir. Enfin elles se décidèrent à obéir. Alice tint à former l'arrière-garde. Tout en hâtant le pas, elle jeta un regard en arrière.

L'apparition verte s'était évanouie!

La jeune fille ne comprenait pas. « Comment

cet homme a-t-il pu disparaître en moins d'une seconde? se demandait-elle. Il a pu éteindre la lumière qui l'éclairait, mais dans cette pénombre son costume vert-bleu phosphorescent aurait été encore visible. »

Elle décida de revenir en plein jour explorer les lieux.

Quand elles eurent regagné le chalet, elles constatèrent avec satisfaction qu'il n'avait pas reçu de visite inquiétante.

« Le sorcier a tout simplement voulu se débarrasser de nous, dit Marion, écœurée. Sans doute ne sait-il même pas où nous habitons, sinon, il aurait fait une incursion ici.

— En tout cas, une chose est acquise, remarqua Alice. L'homme vert existe bel et bien, puisque nous sommes plusieurs à l'avoir vu : Yo, Tina et nous, sans parler des autres qu'il a dû terroriser.

— Tout ce que je souhaite, fit Bess, c'est qu'il s'évapore à jamais en fumée. Le plus vite sera le mieux. »

L'escalade leur avait creusé l'appétit. Elles mangèrent avec plaisir du pain, du fromage et des fruits avant d'aller se coucher.

Le lendemain matin, Alice fut la première éveillée. Il était encore tôt mais, songeant à la silhouette qui glissait sur l'eau, elle s'habilla.

« Je la distinguerai peut-être plus clairement cette fois-ci », se dit-elle en se dépêchant de gagner la terrasse.

A travers la brume, moins dense que la veille, elle vit une femme à cheveux gris, vêtue d'un pantalon blanc et d'un chandail bleu pastel, avancer sur la baie.

L'ayant observée attentivement, elle constata qu'elle ne glissait pas mais marchait. Bientôt l'eau lui effleura les genoux.

« Jusqu'où ira-t-elle? » se demandait Alice.

La jeune fille continua de la surveiller. Tout à coup la femme perdit l'équilibre et disparut sous l'eau. Alice attendit. L'inconnue ne refit pas surface.

« Elle va se noyer! » s'écria Alice.

Elle s'élança, traversa en courant la plage et pénétra dans l'eau. La femme ne reparaissait toujours pas.

« Elle a perdu connaissance », pensa la jeune fille.

Elle accéléra l'allure en s'aidant des bras. Bientôt, elle vit les mains de la malheureuse s'agiter en l'air. En quelques secondes, Alice fut près d'elle. Elle s'aperçut alors que la Dame du Lac avait les jambes attachés à des échasses. L'une d'elles avait dû se coincer entre deux rochers.

Alice plongea dans l'eau, dégagea l'échasse. Elle s'aperçut avec horreur que la malheureuse avait cessé de se débattre.

« Il faut que je fasse vite! » se dit Alice qui, elle aussi, commençait à manquer d'air.

Elle voulut remonter la victime à la surface, mais elle était trop lourde. La jeune fille était à bout de souffle; elle ne pourrait plus tenir longtemps.

A ce moment, Marion apparut. Elle était arrivée sur la terrasse à l'instant même où Alice plongeait. Ne la voyant pas reparaître rapidement, elle s'était portée à son secours. Ensemble, elles ramenèrent la femme au rivage où Alice lui fit du bouche-à-bouche pour la ranimer.

Sur ces entrefaites, Bess et Mlle Roy les rejoignirent. Des minutes angoissantes suivirent. Tour à tour, les jeunes filles pratiquèrent la respiration artificielle.

Mlle Roy était allée chercher une couverture avec laquelle elles enveloppèrent la malheureuse. Elles détachèrent aussi les échasses qui étaient restées fixées à ses genoux.

Le silence régnait. Enfin, l'inconnue prit une profonde aspiration.

« Dieu soit loué! » fit Bess.

Elles poussèrent toutes un soupir de soulagement. Le danger était passé.

Peu à peu la respiration se rétablit complètement. La femme battit des paupières, les ouvrit et les referma aussitôt.

« Transportons-la sur la chaise longue de la terrasse », dit Mlle Roy.

Ce fut fait avec beaucoup de douceur et de précaution. Non sans inquiétude, les trois amies surveillèrent l'inconnue. Mlle Roy craignait une commotion nerveuse ou une crise cardiaque. Il n'en fut heureusement rien. Epuisée, la Dame du Lac sombra dans un sommeil paisible.

« Nous allons la veiller à tour de rôle, dit Alice, et aussi nous habiller et prendre notre petit déjeuner. »

Rassurée, Mlle Roy déclara qu'il n'était pas nécessaire d'appeler un médecin. Après s'être restaurées, les jeunes filles vaquèrent aux travaux domestiques, tandis que Mlle Roy s'asseyait non loin de l'accidentée.

Le ménage achevé, Alice et ses amies examinèrent les échasses. En aluminium, elles pouvaient être réglées à une hauteur de deux mètres et comportaient de larges extrémités recouvertes de caoutchouc.

« On peut marcher indéfiniment sur terre avec ces engins, dit Marion, très admirative. Mais dans l'eau, sur un fond irrégulier, cela doit être dangereux.

— Ainsi que la malheureuse vient d'en faire l'expérience, remarqua Bess. Je parie qu'elle ne sait ni nager, ni plonger, sinon elle n'aurait pas eu besoin de ces appareils. Que cherchait-elle selon vous? Sûrement pas la barque.

— J'espère qu'elle nous l'apprendra à son réveil », répondit Alice.

Elles sortirent sur la terrasse, juste au moment où la victime du bain forcé ouvrait les yeux. Elle les dévisagea sans comprendre.

Avec un sourire, Mlle Roy lui dit :

« Tout va bien, maintenant. Ne vous inquiétez pas. Vous avez fait un bon somme. »

L'inconnue se redressa. Elle semblait avoir récupéré ses forces. Avec un sourire elle demanda :

« Qui m'a sauvée? »

Les jeunes filles s'inclinèrent en souriant et se présentèrent.

« Merci. Merci beaucoup. Quelle terrifiante aventure! Je ne suis pas prête à recommencer. Finies les promenades sur l'eau!

— Voulez-vous une tasse de thé et du pain grillé? proposa Mlle Roy.

— Avec plaisir. Je me sens un peu faible. »

Pendant que Bess lui préparait un léger repas, la Dame du Lac déclara s'appeler France Armitage, et être institutrice en retraite.

« J'habite un petit chalet sur la rive ouest du lac. Je viens ici chercher un objet perdu. »

Elle ne s'expliqua pas davantage. Mais elle raconta qu'enfant elle aimait marcher sur des échasses; elle avait même fini par acquérir une grande habileté dans la pratique de ce sport.

« Comme je ne sais pas nager, poursuivit-elle, j'ai eu l'idée de me servir de mes échasses pour avancer en eau profonde. J'ai été d'une imprudence folle en ne mettant pas une brassière de sauvetage.

— En effet », approuva Mlle Roy.

Bess apporta un plateau sur la terrasse. Mlle Armitage but, avec un plaisir évident, une tasse de thé chaud. Après la seconde tasse et une bonne tartine de pain grillé, la couleur lui revint aux joues.

« Vous êtes très bonnes, dit-elle, très courageuses aussi. Je ne sais comment vous remercier.

— Etes-vous trop fatiguée pour parler, ou consentiriez-vous à nous dire ce que vous cherchiez? » demanda Mlle Roy.

Mlle Armitage sourit.

« C'est le moins que je puisse faire pour des personnes qui m'ont sauvé la vie. »

Elle se tut un instant, son regard se perdit au loin. Puis, comme si elle prenait sa décision, elle commença :

« Si vous me promettez le secret, je vais vous révéler ce que je recherche. C'est une histoire extraordinaire. »

Mlle Roy et les jeunes filles s'engagèrent volontiers à ne pas souffler mot de ce qu'elles apprendraient, et elles se penchèrent en avant, impatientes d'entendre le récit.

CHAPITRE VI

LE CARROSSE DORÉ

« UNE DE MES AÏEULES, commença Mlle Armitage, était une aristocrate de la Russie des tsars. A la tête d'une fortune immense, elle possédait une magnifique collection d'objets d'art. Au vif mécontentement de sa famille, elle s'éprit d'un Américain qui séjournait à Moscou et le rejoignit aux Etats-Unis où elle l'épousa. Ils s'installèrent à Cooperstown dans une demeure somptueuse, entourée d'un parc splendide, qui, hélas, a été détruite par un incendie.

— Quel malheur! s'exclama Bess.

— Oui, certes, approuva Mlle Armitage. Mais bien avant cette catastrophe, mon aïeule avait eu une fille, une ravissante petite fille. Elle l'éleva comme une princesse. Un jour elle fit même venir de Russie un carrosse construit à sa mesure. On y attelait un poney. »

Mlle Armitage se tut un moment. Alice sourit :

« On croirait entendre un conte de fées, dit-elle.

— Oui, mais le mien a une fin tragique, répondit Mlle Armitage.

— Racontez-nous la suite, je vous en prie, intervint Marion. Vous ne nous avez pas encore parlé de la baie du Miroir. Quel rôle joue-t-elle? »

Une lueur brilla dans les yeux de l'institutrice.

« Un instant. J'y arrive. La seconde partie de mon récit est triste, très triste. La ravissante petite fille mourut subitement. Le désespoir de sa mère fut atroce. Incapable de supporter ce qui lui rappelait les jours heureux, elle supplia son mari de l'emmener au loin et voulut que tout ce qui avait appartenu à l'enfant fût vendu ou donné.

« La vue du carrosse surtout ramenait à sa mémoire des souvenirs devenus douloureux. Peint en or et blanc, il était orné de sculptures d'oiseaux et de fleurs. Elle ne put supporter l'idée qu'une autre s'en servirait et, pourtant, elle ne se résolvait pas à le détruire. Elle le fit mettre dans une caisse hermétiquement close que l'on immergea au fond de la baie. L'opération fut effectuée dans le plus grand secret. »

Oui, c'était une bien triste histoire, en convinrent les auditrices.

Marion rompit le silence qui s'était établi.

« Il est évident que quelqu'un n'a pas gardé le secret. Comment l'avez-vous appris? »

Mlle Armitage répondit que, devenue très vieille, la bonne de l'enfant, Maud Jayson, avait parlé. Comme elle ne savait plus très bien ce qu'elle disait, personne ne la crut.

« Personne, sauf moi. Par hasard, en feuilletant un livre qui avait appartenu à la petite fille, j'ai trouvé une lettre à l'encre pâlie.

— Auriez-vous perdu un morceau de cette lettre? demanda aussitôt Alice.

— Oui, répondit Mlle Armitage. Comment le savez-vous? C'était un passage important. Je crois l'avoir égaré hier matin dans l'eau. Stupidement, je l'avais emporté dans ma poche. »

Alice se leva et pria l'institutrice de l'excuser un instant. Elle revint peu après avec le fragment qu'elle avait trouvé la veille et le tendit à Mlle Armitage.

« Oui, c'est bien celui que j'ai perdu! dit celle-ci en ouvrant de grands yeux. Où l'avez-vous ramassé? »

Alice le lui dit.

« Je me suis creusé la tête pour donner un sens à ces quelques mots, ajouta-t-elle. Votre récit élucide le mystère. »

Mlle Armitage apprit à ses interlocutrices qu'elle avait l'intention d'offrir le carrosse au musée de Cooperstown.

« Si la caisse est étanche, il doit être intact et enrichirait la collection des objets historiques. Des milliers de gens viendraient le contempler.

— Certainement, car il ne doit pas en exister d'autres exemplaires », intervint Mlle Roy.

Marion voulut savoir comment Mlle Armitage

espérait situer l'endroit où la caisse avait été immergée.

« Soit en explorant le fond avec mes échasses, soit en me servant d'une longue perche. Une fois déterminé l'emplacement du carrosse je ferai appel à des plongeurs professionnels pour le remonter. »

Le regard de l'institutrice alla d'une jeune fille à l'autre.

« Si cette recherche vous intéresse, Alice, dit-elle enfin, consentiriez-vous à vous en occuper? A en juger d'après la façon dont vous m'avez ramenée à la surface, vous devez être toutes les trois de remarquables nageuses. Vous ne devriez avoir aucune difficulté à localiser la caisse. »

Alice s'empressa d'accepter. Marion et Bess promirent de l'aider.

« Gardez bien le secret », insista Mlle Armitage.

Les trois amies renouvelèrent leur promesse de n'en pas parler.

« Savez-vous que nous vous appelions la Dame du Lac? dit en riant Mlle Roy.

— Quel joli nom! s'écria l'institutrice. Il me plaît beaucoup. Continuez à l'employer, je vous en prie. »

Après leur avoir souhaité bonne chance, elle pria Alice d'avoir la gentillesse de la ramener chez elle.

« Mes jambes sont encore un peu faibles et je n'ai pas envie de conduire moi-même.

— Je vous raccompagne, dit Alice, et se tournant vers sa tante et ses amies, elle ajouta : Allons toutes en ville, nous aurons besoin d'équipement de plongée et je brûle d'impatience de me mettre à la besogne. »

Mlle Roy déclara qu'elle resterait. Elle avait des lettres urgentes à écrire.

Marion partit avec Mlle Armitage, dont la voiture était garée sur la route, à une courte distance de la baie. Alice et Bess montèrent dans le cabriolet. Après avoir traversé Cooperstown, les deux voitures s'engagèrent sur la route qui longeait le lac pour gagner la rive ouest où habitait l'institutrice.

Peu après, elles s'arrêtaient devant une villa d'aspect plaisant. Bess emporta les échasses à l'intérieur. Pour la première fois, Mlle Armitage se mit à rire.

« Quelle sotte j'étais! Je ferais mieux de donner ces échasses. Ce n'est plus un jeu de mon âge. Je n'ai réussi qu'à vous causer des ennuis sans aboutir à rien.

— Ne vous tourmentez pas à ce sujet, dit vivement Alice. Et gardez les échasses. Quand vous vous sentirez mieux, vous nous apprendrez à nous en servir.

— Volontiers, répondit Mlle Armitage, je suis sûre que vous serez de bonnes élèves. »

Elle réfléchit un moment avant d'ajouter.

« J'y pense, vous n'êtes pas loin du musée du Fermier. Je vous recommande de le visiter. Vous y verrez le Géant de Cardiff dans toute sa splendeur.

— Qu'est-ce que c'est? » demanda Marion.

La Dame du Lac ne voulut pas satisfaire sa curiosité.

« Je vous en laisse la surprise, dit-elle en souriant.

— Nous irons, répondit Alice. Toutefois, j'aimerais d'abord louer des appareils de plongée. »

Après avoir pris congé de Mlle Armitage, les trois amies se rendirent dans le centre de Cooperstown et garèrent la voiture près d'un restaurant. Yo en sortait.

Il parut ravi de les revoir.

« Alors, avez-vous rencontré l'homme vert? » demanda-t-il, narquois.

A sa vive surprise, la réponse fut « oui ».

« Vraiment? Racontez-moi cela. »

Les jeunes filles lui narrèrent leur aventure sans oublier de mentionner l'homme qui leur avait conseillé de regagner au plus vite le chalet.

« Ce n'était qu'un prétexte pour nous éloigner, dit Marion avec colère. Yo, avez-vous une idée de ce qui se trame dans ces bois?

— Non, pas la moindre, répondit-il. Selon moi,

cet individu verdâtre ne plaisante pas. Il n'hésiterait pas à vous attaquer.

— En ce cas, déclara Bess, ne comptez plus sur moi. Je préfère me tenir hors de sa portée. »

Alice pria Yo de lui indiquer où elles pourraient se procurer des équipements de plongée. Il lui donna l'adresse d'un magasin d'articles de sport. Marion voulut savoir s'il avait entendu parler du Géant de Cardiff.

« Oh! oui, répondit-il. Attendez un peu de voir ce vieil Indien rongé par les termites.

— Parlez-nous de lui », pria Bess, intriguée.

Un sourire aux coins des lèvres, Yo secoua négativement la tête. Les jeunes filles le quittèrent, de plus en plus perplexes. En chemin, Alice s'arrêta devant la poste.

« Je vais demander s'il y a des lettres pour nous poste restante. »

Au guichet, l'employé lui en tendit plusieurs. La première qu'elle ouvrit était de Ned Nickerson, son grand ami.

« Bess, Marion, écoutez-moi cela! » s'écria-t-elle.

Ses amies se rapprochèrent, et elle lut à haute voix :

« *Maintenant, je peux te révéler la surprise que ta tante vous a réservée. Elle nous a invités, Bob, Daniel et moi, à passer quelques jours chez elle. Nous arriverons ce samedi en début d'après-midi.* »

« Hourrah! s'exclama Bess, rouge de bonheur.

— Quelle bonne idée! » renchérit Marion avec un sourire radieux.

Bob était son ami de cœur, tandis que Daniel était le préféré de Bess.

Alice reprit la lecture.

« Il écrit encore ceci : « *Fais en sorte que nous* « *ayons un mystère à élucider.* »

Les trois amies s'esclaffèrent.

« Un mystère! explosa Bess. Nous en avons plein les bras! »

Alice décida de prêter sa chambre aux trois garçons, elle-même prierait sa tante de l'accueillir dans la sienne.

« C'est une chance qu'il y ait trois lits supplémentaires. »

Les jeunes filles allèrent à pied jusqu'à la boutique où elles achetèrent un matériel de plongée. Ensuite, elles repartirent en voiture pour se rendre au musée du Fermier, sur la rive ouest du lac.

Les objets étaient exposés dans une vaste grange et dans des bâtiments plus petits. Autour s'étendait la reproduction exacte d'un village de l'époque coloniale avec son étude d'avoué, son église, la maison du docteur, l'imprimerie, la pharmacie et ses bocaux de bonbons fabriqués selon des recettes anciennes, sa forge, son école, et les cabanes en rondins des paysans.

Dans la grange, les trois amies suivirent avec un vif intérêt diverses démonstrations : fabrication de balais en jonc, filage, tissage. Elles longèrent l'allée qui traversait la bâtisse. Dans une remise, elles admirèrent un étonnant véhicule.

« Qu'est-ce que cela peut bien être? » demanda Bess, perplexe.

En se rapprochant elles déchiffrèrent la notice explicative : c'était un rouleau servant à tasser la neige. Tiré par un cheval, ce véhicule ressemblait à un énorme tonneau ayant la largeur d'une ancienne route de campagne.

« Ce ne devait pas être facile de dégager la neige en ce temps-là. Avec l'équipement moderne, c'est un jeu d'enfant, fit Marion.

— Allons voir le fameux Géant, proposa Alice.

— Attendez une minute, je veux acheter un paquet de ces bonbons. Ils sont si appétissants! » dit Bess.

Marion s'apprêtait à lui répondre par une remarque peu aimable, quand un cri strident s'éleva.

« Au voleur! Au voleur! Arrêtez-la! »

CHAPITRE VII

FOUILLES SOUS-MARINES

ALICE, Bess et Marion se ruèrent dans la grange principale d'où l'appel était parti.

Au moment où elles y pénétraient, elles aperçurent le sosie d'Alice. Zigzaguant entre les visiteurs, celle-ci réussit à glisser un sac à main dans son filet à provisions. Elle avait son propre sac en bandoulière. Son geste n'échappa pas aux trois amies.

« C'est elle! » cria Marion aux personnes qui l'entouraient.

Et elle accéléra l'allure pour rattraper la voleuse.

Alice voulut la suivre. Deux mains la saisirent brutalement par les épaules, la forçant à s'arrêter. Se tournant, elle se trouva face à face avec une femme rouge de colère qui, d'une poigne vigoureuse, la maintint sur place tout en hurlant d'une voix perçante :

« La voilà! Je la tiens! C'est elle qui m'a volé mon portefeuille! »

Accourue au secours de son amie, Bess fit lâcher prise à la femme.

« Qu'est-ce qui vous prend? demanda-t-elle en la foudroyant du regard. Mon amie Alice Roy n'est pas une voleuse! Je vous interdis de l'insulter. »

Entre-temps, une petite foule s'était rassemblée. Un gardien se fraya un chemin et se planta devant Alice et son accusatrice.

« Que se passe-t-il? Un peu de calme, s'il vous plaît, dit-il.

— Cette fille a volé mon portefeuille, gronda la femme. Je vous prie de l'arrêter. Et d'abord qu'elle me rende mon argent!

— Où est ce portefeuille? dit le gardien à Alice.

— Je ne l'ai pas, répondit-elle. La voleuse — qui me ressemble beaucoup — s'est enfuie. Une de mes amies est à sa poursuite. »

Le gardien dévisagea tour à tour la femme et Alice, ne sachant qui croire. Bess répétait qu'Alice n'avait rien à voir dans ce vol.

Sur ces entrefaites, Marion revint, la mine basse.

« Je n'ai pas pu la rattraper, annonça-t-elle. Elle s'est engouffrée dans une voiture qui l'attendait sur la route. Le conducteur, un complice sans doute, a aussitôt démarré.

— Pouvez-vous me faire une description de cette fille? demanda le gardien.

— Ce n'est pas difficile : elle ressemble d'une façon frappante à mon amie et elle était vêtue comme elle », répondit Marion.

Alice avait, elle aussi, remarqué ce détail et soupçonnait la voleuse de l'avoir suivie. Avait-elle commis ce vol dans le seul but de placer Alice dans une situation embarrassante? S'adressant au gardien, elle lui dit :

« Vous êtes au courant de la mésaventure survenue à un groupe de touristes, n'est-ce pas? Eh bien, la prétendue agente de l'office de tourisme est certainement la même personne que la voleuse du portefeuille. »

La victime du vol scrutait Alice depuis un bon moment.

« Oui, je vois maintenant, dit-elle enfin. Il y a une différence entre vous deux. Vous êtes jolie et vous avez l'air bonne. L'autre a un visage dur et méchant. Je suis navrée de vous avoir accusée.

— Et moi, je suis heureuse que la situation soit éclaircie », répondit Alice.

Le gardien conseilla à la femme de déposer une plainte à la police, qu'il allait alerter de son côté. Tête basse, elle le suivit.

« Je suis contente que l'affaire se termine ainsi, fit Bess. Pendant quelques minutes, j'ai bien cru que nous allions toutes les trois nous retrouver sous les verrous.

— Moi aussi, répondit Alice avec une grimace. La perspective était peu plaisante. »

Marion leur rappela qu'elles n'avaient pas encore vu le fameux Géant de Cardiff.

« Venez contempler l'Indien rongé par les termites. »

Elles ressortirent et se dirigèrent vers l'abri où se trouvait le Géant. A sa vue, elles éclatèrent de rire.

« Oh! ce Yo et son Indien rongé! fit Bess. En fait de géant, il ne l'est que par la taille. Il est sculpté dans le bois et assez grossièrement. Toutefois, reconnaissons qu'il a une tête d'Indien. »

Alice lut la notice fixée au mur. Le Géant de Cardiff était en réalité une farce qui remontait à plusieurs années. Un homme avait sculpté la figure puis l'avait enterrée dans un champ près de Cardiff pour vieillir le bois. Il l'avait ensuite

deterrée et il avait publié des articles affirmant que le géant avait été sculpté jadis par les Indiens. Sa farce prit tant et si bien que son associé et lui organisèrent des tournées pour exposer leur « Indien préhistorique » à travers les Etats-Unis.

Des journaux, des revues sérieuses avaient consacré des colonnes au Géant de Cardiff, et les deux hommes firent fortune avant que la supercherie ne fût découverte.

Bess bouillait d'indignation.

« C'est une véritable escroquerie! Abuser ainsi de la crédulité des gens. »

Les trois amies achetèrent ensuite des bonbons, qu'elles trouvèrent délicieux. Après avoir encore admiré les objets exposés, elles regagnèrent leur voiture.

A la sortie de l'aire de stationnement, Yo les attendait. Il avait le visage fendu par un large sourire.

« Et alors? Que pensez-vous de mon vieil Indien? »

Marion ouvrit la portière pour le laisser monter avant de répondre :

« C'est bon! Vous avez marqué un point, vous n'en marquerez pas deux. Attendez-vous à un tour de notre façon. »

Yo éclata de rire.

« Que faites-vous cet après-midi? demanda-t-il.

— Si nous vous le disons, répondit Alice, faut-il s'attendre à une autre farce de votre part? »

Il rit de plus belle.

« Bah! Je ne vais pas être méchante, reprit Alice. Nous avons l'intention de nous baigner. »

Elles le déposèrent en ville. Sur le chemin du retour, Alice, plongée dans ses réflexions, conclut que le mystérieux sourire de Yo indiquait tout simplement qu'il aimait à plaisanter.

Dès leur arrivée au chalet, les trois amies remercièrent Mlle Roy d'avoir invité à leur insu Ned, Bob et Daniel.

« Que pouvons-nous faire pour vous aider à tout préparer? ajouta Bess.

— Nous nous y mettrons demain. Ce sera bien suffisant. Pourquoi n'irions-nous pas toutes nager? Vous pourriez essayer vos équipements de plongée et chercher le carrosse de la petite fille.

— Excellente idée, approuva Alice. Je ne cesse de me demander dans quel état nous le trouverons — si nous le trouvons! La caisse n'était peut-être pas très étanche, elle aura rouillé, pourri, qui sait même : dérivé au loin.

— Et le carrosse sera en piteux état après avoir reposé près de deux cents ans au fond de l'eau, ajouta Bess.

— Quelle déception pour la Dame du Lac, dit Alice. Pour moi aussi, d'ailleurs! Vite! A l'ouvrage! »

Peu après, Mlle Roy et ses invitées nageaient dans la baie. Au bout de quelques minutes, les jeunes filles entreprirent de chercher le carrosse. Elles ramenèrent à la surface divers objets sans intérêt. Tout à coup, Alice fit signe à ses amies de la rejoindre. Elles nagèrent rapidement jusqu'à elle. La jeune fille tirait la roue d'un véhicule enfoui dans la vase.

Unissant leurs efforts, les trois amies poussèrent et tirèrent doucement la roue pour la dégager sans la briser. Déception! Elles remontèrent

La jeune fille tirait la roue d'un véhicule. →

un landau d'enfant complètement rouillé. La coque en osier était partie, il ne restait que le châssis.

Bess contempla cette pauvre carcasse gisant sur la plage.

« Ne me dites pas que ce fut un carrosse blanc et or.

— C'est aussi décevant que celui de Cendrillon changé en citrouille », déclara Marion.

Mlle Roy eut un sourire amusé.

« Ce pauvre landau a au moins cinquante ans, mais il n'a pas séjourné dans l'eau plus de six mois. Quelqu'un s'en sera débarrassé sans se préoccuper de l'interdiction d'encombrer la baie de détritus. »

Assez déçues par leurs recherches infructueuses, fatiguées aussi, les jeunes filles remontèrent se changer. Elles ressortirent de leurs chambres juste à temps pour contempler un magnifique coucher de soleil sur le lac.

« Faisons une promenade en bateau, proposa Bess.

— C'est une bonne idée, approuva Alice. Partez, Marion et toi, ensuite j'emmènerai tante Cécile, pendant que vous préparerez le dîner.

— Bien joué! fit Marion. Si tu as cru me rouler, tu t'es trompée. Cela dit, j'accepte. Viens, Bess! »

Elles revinrent au bout de vingt minutes. Mlle Roy et Alice embarquèrent. Mlle Roy prit le gouvernail, Alice se chargea de la manœuvre du foc. Une bonne brise soufflant, elles allèrent jusqu'à mi-chemin de Cooperstown. Elles mirent ensuite le cap sur la baie du Miroir où elles parvinrent sans incident.

« Quelle odeur agréable! s'exclama Mlle Roy en remontant vers le chalet. Bess doit nous mijoter un de ses plats préférés. »

Elle ne se trompait pas. Et la cuisinière s'attira de chaleureuses félicitations. Elle triompha avec modestie.

« Que diriez-vous maintenant d'un dessert? demanda-t-elle après le plat de résistance.

— Je suis sur le point d'éclater », déclara Marion.

Mlle Roy sourit.

« Je suis sûre que ce dessert-surprise est délicieux. Pourquoi ne le mangerions-nous pas un peu plus tard — avant de nous coucher, par exemple? »

La proposition fut acceptée. Bess refusa de dévoiler la composition de ce dessert. Les jeunes filles desservirent avant de rejoindre Mlle Roy sur la terrasse. La nuit était tombée, les lucioles voltigeaient dans l'air.

« Avez-vous remarqué que certaines allument leurs feux en même temps? demanda Mlle Roy. Ce sont les mâles. Les femelles, elles, allument leurs petites lanternes quand il leur plaît. C'est une sorte de jeu d'amour. »

Les jeunes filles rirent. Mlle Roy leur expliqua que selon les entomologistes cette coutume facilite l'accouplement. Chaque mâle trouve une partenaire.

Alice prit la parole :

« N'est-ce pas une nuit parfaite pour chercher les champignons phosphorescents de Tina? Pourquoi n'irions-nous pas faire un tour dans les bois? Nous inspecterons les grottes, car il doit bien y en avoir. J'ai lu quelque part que les champignons aiment l'humidité et la pénombre.

— Et moi, je me rappelle avoir appris un détail intéressant sur les champignons phosphorescents ou sur une espèce de fungus qui pousse dans la jungle, intervint Marion. Il paraît que, pendant la guerre, les soldats japonais se frottaient la paume des mains avec cette matière phosphorescente; ils pouvaient ensuite déchiffrer des lettres ou des messages militaires en tenant la main au-dessus de la feuille.

— Comme c'est étrange! » fit Bess.

Elle n'avait aucune envie de se promener sur la montagne à cause de l'homme vert. Par fierté, elle n'osa protester.

Les promeneuses se munirent de torches électriques mais ne les allumèrent pas. Les lucioles se chargeaient de les éclairer. Mlle Roy les invita à parler bas afin de ne pas attirer l'attention. En silence, elles gravirent la pente, tête baissée pour chercher les champignons. Elles n'en virent aucun.

Bientôt, elles arrivèrent près de l'endroit où l'homme vert leur était apparu. Elles ne décelèrent pas le moindre signe d'une présence hostile, n'entendirent aucune voix. Bess commençait à se rassurer quand, tout à coup, elle agrippa Alice par le bras dans un geste de frayeur.

CHAPITRE VIII

DES VOIX DANS LA NUIT

TREMBLANTE de peur, Bess ne put émettre un son. Elle tendait le bras vers sa droite. A quelque distance, au plus sombre de la forêt, elles virent l'homme vert enveloppé de l'étrange halo lumineux. Son visage évoquait plus que jamais celui d'un vampire. Alice et ses compagnes restèrent figées, guettant ses mouvements.

« Sait-il que nous sommes ici? se demandait Alice. Si oui, espère-t-il nous faire prendre la fuite? Pourquoi? »

La lumière verte s'éteignit. L'homme disparut.

« Il n'a pas pu s'éloigner beaucoup, se dit Alice. Je vais essayer de le retrouver. »

Elle fit signe à sa tante et à ses amies de la suivre. Vivement mais sans bruit, elles avancèrent. D'abord tout alla bien. Puis, au bout d'une trentaine de mètres, Bess, qui formait l'arrière-garde, trébucha et s'étala de tout son long.

Un cri lui échappa. Ses compagnes s'immobilisèrent et se retournèrent. Bess se relevait déjà. Elle leur fit signe qu'elle ne s'était pas fait mal. Alice espéra que si l'homme vert avait entendu le cri, il l'attribuerait à un animal nocturne.

Espoir vain. Quelques secondes plus tard, la voix que les jeunes filles avaient entendue la veille les changeait en pierre.

« Qui va là? »

Mlle Roy et les jeunes filles ne répondirent pas. L'homme invisible garda le silence. Une minute, deux minutes, trois minutes passèrent... Alice décida de courir encore sa chance. Elle reprit sa marche en avant.

Mlle Roy et Marion lui emboîtèrent le pas. Mais la peur paralysait Bess. Au moment même où elle se forçait à avancer, elle se sentit brutalement tirée en arrière tandis qu'une main se plaquait sur sa bouche.

Elle se débattit, tenta d'appeler au secours. Seuls des gargouillements étouffés sortirent de sa gorge. Ses amies ne les entendirent pas. Désespérée, Bess se laissa entraîner au bas de la montagne.

Inconscientes de la situation dramatique dans laquelle la malheureuse se trouvait, ses compagnes continuèrent leur poursuite. Au bout d'un moment, toutefois, un bruit léger fit se retourner Alice. Elle constata alors la disparition de Bess.

Follement inquiet, le petit groupe revint sur ses pas. Bess n'était nulle part en vue. Où était-elle?

« Je crains qu'elle n'ait été enlevée, murmura Alice. Il me semble avoir perçu comme un bruit de branchages cassés. »

Elles tendirent l'oreille. Oui, Alice ne se trompait pas. Elles allumèrent leurs torches et se guidèrent d'après le son. Le ravisseur suivait le sentier. Bientôt, Alice aperçut Bess. Un homme masqué la tenait d'une main et de l'autre lui fermait la bouche.

« Lâchez-la! » cria Mlle Roy en courant aussi vite que ses jambes le lui permettaient.

A ces mots, le ravisseur laissa tomber Bess et, sans se retourner, dévala la colline. Mlle Roy et Marion se précipitèrent vers Bess. Alice se demandait pourquoi l'homme avait pris cette direction.

« Serait-ce le sorcier vert, ou un complice? »

L'heure n'était pas aux hypothèses. Il s'agissait de réconforter la malheureuse victime. Bess s'était relevée, apparemment indemne.

« J'ai les jambes coupées. Je serais bien incapable de me tenir longtemps debout, confessa-t-elle, penaude.

— Nous allons te porter jusqu'au chalet, proposa Marion.

— Non, non, accordez-moi simplement quelques minutes. Juste le temps de reprendre mes esprits. J'ai eu une peur folle.

— Le contraire serait étonnant, dit Mlle Roy avec conviction. Reposons-nous un moment. Quand vous aurez envie de parler, vous nous raconterez ce qui s'est passé, sans rien oublier. »

Alice intervint :

« Ni l'homme vert, ni son ou ses complices ne s'attendent à ce que nous retournions à l'endroit de l'enlèvement. J'ai grande envie d'en profiter pour jeter un coup d'œil aux alentours. J'apprendrai peut-être quelque chose d'intéressant. »

Voyant que sa tante faisait la moue, elle ajouta :

« Je serai très prudente, je te le promets. Je ne m'éloignerai pas et, si je ne reviens pas, vous saurez où me trouver. »

Mlle Roy finit par y consentir à condition qu'Alice ne s'absentât pas plus de dix minutes.

« Promis », dit la jeune détective.

Elle éteignit sa lampe et disparut entre les arbres. Au lieu de suivre la piste et de prendre à droite, elle s'engagea sur un raccourci qui la mena directement à l'emplacement où, quelques instants plus tôt, se tenait l'homme vert. Arrivée là, elle s'immobilisa et tendit l'oreille. Se trompait-elle ou entendait-elle des voix?

« Oui, c'est un bruit de conversation », conclut-elle au bout d'un moment.

Elle écouta et, bientôt, distingua clairement les mots :

« Je ne veux pas de gens autour d'ici, comprends-tu? disait un homme. C'est trop dangereux, Sam. Tu es responsable de la sécurité, ne l'oublie pas. Tu as autre chose à faire qu'à jouer les fantômes.

— Ecoute-moi, Mick, répondit Sam, ton plan n'aboutira qu'à amener la police ici en moins de deux. Ce n'est pas ce que tu souhaites, n'est-ce pas? »

Un long silence suivit cette remarque. Pas le moindre son, pas la moindre lumière. Alice ne vit personne surgir.

« Je reviendrai inspecter ces lieux en plein jour, décida la jeune détective. Ce serait peut-être une bonne idée de marquer l'emplacement. »

Elle arracha un long morceau d'écorce au pin contre lequel elle s'adossait.

« Comme cela, je le repérerai facilement », se dit-elle.

Vivement, elle retourna auprès de sa tante et de ses amies qui parurent soulagées d'un gros poids. Très excitée, elle leur raconta à voix basse ce qu'elle avait appris.

« Une fois de plus j'avais raison, grommela Bess. Vous auriez mieux fait d'écouter mes conseils de prudence. »

Elle se leva et, d'un pas chancelant, commença de descendre la pente.

« Inutile de compter sur moi pour revenir ici, ajouta-t-elle. Et si vous m'en croyez, vous vous garderez de le faire. Laissons à la police le soin d'élucider le mystère. »

Mlle Roy et les jeunes filles discutèrent un moment : fallait-il, oui ou non, téléphoner dès ce soir au commissariat de Cooperstown? Finalement, il fut décidé d'attendre.

« Nous y verrons plus clair après une bonne nuit, dit Mlle Roy. Nous sommes toutes épuisées. Rentrons vite nous coucher. »

Le trajet revigora Bess. En entrant au chalet, elle avait retrouvé sa bonne humeur coutumière et elle insista pour servir le dessert qu'elle avait préparé. C'était une délicieuse mousse à la fraise, accompagnée d'un quatre-quarts.

« Tu t'es surpassée! s'exclama Alice après les avoir goûtés. Je me sens un appétit d'ogresse. »

A peine dans leurs lits, elles sombrèrent toutes dans un profond sommeil. Un coup frappé avec force sur la porte d'entrée les réveilla en sursaut le lendemain matin. Alice et Mlle Roy enfilèrent une robe de chambre et allèrent ouvrir. Elles se trouvèrent face à face avec un policier en uniforme.

« Sergent Deuffy », dit-il en se présentant.

Il dévisagea Alice avec une expression sévère.

« Où étiez-vous hier soir? » demanda-t-il.

Alice répondit qu'elles étaient allées se promener sur le versant de la montagne.

« Puis-je savoir pourquoi vous me posez cette question? dit-elle.

— Sortez! Je veux vous voir en pleine lumière. »

Abasourdie, Alice fit ce qu'on lui ordonnait. Mlle Roy la suivit sur la terrasse. Le policier toisa la jeune fille de la tête aux pieds.

« Je vous prie de me fournir des explications, dit Mlle Roy avec dignité. Ma nièce est ici sous ma responsabilité. »

Sans prêter attention à ce qu'elle venait de dire, le sergent s'adressa de nouveau à Alice.

« Vous avez réponse à tout, jeune fille. Mais cette fois nous possédons des preuves indiscutables. C'est vous la coupable.

— Coupable de quoi? demanda Alice de plus en plus ahurie.

— Inutile de jouer les innocentes. Il ne vous servira à rien de nier. »

Il sortit de sa poche une photographie, prise, dit-il, la nuit dernière par une camera à infrarouge.

« Où? s'enquit Mlle Roy.

— Dans la plus grande bijouterie de la ville. Une camera invisible a été installée à la suite de plusieurs vols. Vous ignorez peut-être les occupations de cette jeune personne. Loin d'être une innocente touriste, elle dévalise les magasins, sans parler de ses autres méfaits.

— C'est faux! » protesta Mlle Roy.

Deuffy tendit la photographie pour qu'Alice et sa tante pussent l'examiner. C'était un instantané d'un vol commis dans la bijouterie. Un homme se tenait de dos, rendant toute identification impossible. Mais la jeune fille qui l'accompagnait faisait face à l'objectif, et elle ressemblait à Alice d'une façon frappante.

Bess et Marion apparurent sur la terrasse. Elles voulurent savoir ce qui se passait. Quand on leur eut montré la photographie, elles poussèrent un cri d'horreur.

« C'est affreux! » gémit Bess.

Mlle Roy s'adressa au policier :

« Cette jeune fille nous a causé déjà beaucoup d'ennuis. Il est indéniable qu'elle ressemble à ma nièce, mais ce n'est pas elle. »

Marion intervint.

« Permettez-moi, monsieur, de vous faire remarquer une différence. Regardez cette tache sur le visage de la voleuse? On dirait une grosse piqûre d'insecte. Maintenant, examinez mon amie. Elle n'a pas la moindre marque. »

L'expression du policier se radoucit. Commençait-il à croire en l'innocence d'Alice?

« Bravo, Marion, fit Mlle Roy. Vous avez le sens de l'observation. N'est-ce pas votre opinion, monsieur? »

Avec un sourire, elle ajouta :

« Voulez-vous partager notre petit déjeuner? Tout en mangeant, nous vous raconterions ce que nous savons de la jeune fille surprise en flagrant délit. »

Le sergent Deuffy accepta l'invitation et s'assit sur la terrasse. Mlle Roy et les jeunes filles rentrèrent dans le chalet. Pendant que Mlle Roy préparait du café et des œufs au bacon, les trois amies s'habillaient. Puis, tous prirent place autour de la table de jardin. Entre deux bouchées, Bess raconta l'apparition de l'homme vert suivie de la tentative d'enlèvement dont elle avait été victime. Le policier nota les faits sur son calepin.

« Auriez-vous le temps de m'accompagner là-haut? demanda Alice. Je retrouverai facilement l'endroit. Je suis presque sûre que la jeune fille se cache dans les parages. »

Le policier acquiesça.

« J'irai volontiers. »

Une demi-heure plus tard, il gravissait en compagnie d'Alice le versant de la montagne. La jeune fille le conduisit vers l'arbre dont elle avait arraché l'écorce.

CHAPITRE IX

LES CHAUVES-SOURIS ATTAQUENT

En gravissant la colline, Alice bavardait avec le sergent Deuffy. Elle lui raconta plus en détail l'épisode de la veille et la conversation qu'elle avait surprise entre deux hommes.

« Sam et Mick, dites-vous? répéta Deuffy. Je consulterai dès mon retour les fiches des criminels recherchés par la police. »

Avec un hochement de tête, il ajouta :

« Evidemment, c'est plutôt mince comme information. »

Alice reconnut que ces prénoms étaient très usités.

« C'est Sam qui se déguise pour effrayer les gens, précisa-t-elle. J'ai reconnu sa voix.

— Oui, mais le fait de se déguiser n'est pas un délit en soi, lui rappela le policier.

— C'est vrai, convint Alice. Sans la promesse faite à ma tante, je serais volontiers restée plus longtemps à les écouter. Ma curiosité était beaucoup plus forte que ma peur. Je voudrais tellement découvrir ce que mijotent ces hommes, où ils demeurent et pourquoi ils tiennent coûte que coûte à avoir le champ libre. »

Deuffy lui sourit. Ce n'était plus l'homme sévère, imbu de son autorité auquel elle avait ouvert la porte deux heures plus tôt.

« Je suis certain que vous y parviendrez », prédit-il.

Peu après, ils arrivaient devant l'arbre marqué par Alice. Ils eurent beau chercher, ils n'aperçurent ni cabane, ni grotte, ni abri de quelque sorte que ce fût.

« Il est possible, dit l'inspecteur, que Sam et Mick habitent à Cooperstown ou dans un village des environs et ne viennent ici qu'à l'occasion. »

Il avança une hypothèse : ce pouvaient être des savants qui se consacraient à l'étude de la flore très particulière de cette montagne.

« C'est peut-être chercher trop loin, mais qui nous dit qu'ils ne sont pas en train de réaliser une expérience et ne veulent être dérangés par personne, pas même par la police? Il est vrai qu'ils recourent à un moyen plutôt singulier pour écarter les curieux. »

Alice ne répondit pas. S'ils ne commettaient

rien d'illégal, pourquoi se cacher des autorités? Cela ne tenait pas debout. Or, Sam avait été clair : ce qu'il redoutait le plus était l'arrivée intempestive de la police.

Le sergent Deuffy et Alice poursuivirent leurs recherches. Ils ne virent ni pièges, ni cages, ni bacs à plants, ni serres miniatures, ni outils. Rien. Le policier déclara qu'il lui fallait repartir et, ensemble, ils redescendirent le versant.

« Je vais continuer mon enquête sur la jeune fille qui vous ressemble si fâcheusement, dit le sergent en arrivant à l'endroit où il avait garé sa voiture.

— Si vous réussissez à mettre la main dessus, répondit Alice, prévenez-moi, je vous en prie. J'aimerais m'entretenir avec elle.

— Je ferai part de votre désir au commissaire de Cooperstown, promit Deuffy. Il vous avisera aussitôt. »

Il tendit une feuille de calepin à la jeune fille.

« Si vous avez besoin d'aide, appelez-moi à ce numéro.

— Merci beaucoup, je n'y manquerai pas », répondit-elle en lui serrant la main.

Elle partit d'un bon pas vers le chalet. Malgré elle, la mystérieuse inconnue lui hantait l'esprit.

En voyant arriver Alice, Mlle Roy et les deux cousines l'assaillirent de questions sur sa randonnée dans la montagne. Elle leur raconta tout, y compris la théorie du sergent Deuffy concernant Sam et Mick.

« Partages-tu son opinion? demanda Mlle Roy.

— Non. Je suis convaincue qu'il y a un lien entre mon sosie et les deux hommes dont j'ai entendu les voix. Il se peut qu'ils soient des chercheurs, mais certainement pas des petits saints. Selon moi, ils préparent un mauvais coup.

— C'est aussi mon avis », approuva Marion.

Alice était déterminée à aller au fond des choses, d'autant plus qu'elle était lasse de se voir accusée chaque fois que la jeune inconnue commettait une escroquerie ou un vol. Or, il était évident que celle-ci utilisait leur ressemblance à son profit. La situation risquait de s'aggraver et il deviendrait de plus en plus difficile à Alice de se disculper.

« Ne pensons plus à ces gens, je vous en prie, intervint Bess. Allons plutôt faire de la plongée sous-marine. J'aimerais retrouver ce carrosse d'enfant. Il m'intéresse plus que l'homme qui a voulu m'enlever.

— Je vous comprends, fit en riant Mlle Roy. De quel côté allez-vous opérer? N'avez-vous pas exploré tout le rivage?

— J'ai une idée, dit Marion. J'ai vu un détecteur de métaux dans un placard de la cuisine. Servons-nous-en. »

Moins d'un quart d'heure plus tard, Mlle Roy avait revêtu son maillot de bain, les trois amies leur combinaison de plongée. Elles commencèrent à travailler avec le détecteur. Tout à coup, il tinta bruyamment. L'eau était peu profonde à cet endroit et les jeunes filles purent sans peine creuser le sable et la vase avec leurs mains nues. Elles ramassèrent une pièce de monnaie, puis une autre, encore une autre. Quelqu'un avait dû les laisser tomber d'un bateau. Elles les remontèrent à la surface et, à leur grande joie, constatèrent que ces pièces étaient très anciennes.

« Quelle découverte! » s'exclama Mlle Roy à leur vue.

D'origine anglaise, elles dataient du début du XVIIIe siècle.

« Elles valent une fortune! s'écria Bess qui n'en était pas à une exagération près. Quand nous les aurons astiquées nous pourrons mieux déchiffrer les inscriptions gravées dessus. »

Mlle Roy proposa de s'en charger. Les jeunes filles reprirent leurs recherches à l'aide du détecteur. Cette fois, elles eurent moins de chance. Fatiguées, elles regagnèrent le chalet.

« Je vais au village, annonça Alice. Qui m'aime me suive.

— Tu as un objectif précis? s'enquit Bess.

— Oui, deux. Si les pièces que nous avons trouvées ont de la valeur, il vaut mieux ne pas les garder ici. N'oublie pas que nous avons des voleurs dans les parages.

— Tu as raison, approuva Mlle Roy. D'ailleurs, dans l'Etat de New York, où nous sommes, tout trésor que l'on trouve doit être déclaré dans les dix jours à la police. Si personne ne le réclame dans un laps de temps déterminé, il appartient à la personne qui l'a découvert ou ramassé. Je vous suggère donc de porter ces pièces à la banque, ensuite nous aviserons. »

Les jeunes filles se déclarèrent d'accord.

« Mon second objectif, reprit Alice, est de rencontrer Yo. Je veux lui demander s'il ne connaîtrait pas l'existence d'une grotte où des gens pourraient se cacher — et dont l'entrée nous aurait échappé à Deuffy et à moi.

— Tes deux raisons d'aller en ville me paraissent excellentes, fit Mlle Roy. Demande par la même occasion à Yo s'il ne saurait pas où il y a des champignons phosphorescents. Tina serait tellement contente d'en avoir. »

A Cooperstown, Mlle Roy et les jeunes filles se rendirent en premier à la banque, qui était encore ouverte. Mlle Roy loua un coffre puis s'enquit d'un expert en pièces anciennes. On la conduisit à un caissier.

Mlle Roy lui montra les pièces. Les yeux de l'homme brillèrent d'excitation.

« Où les avez-vous trouvées? » dit-il.

Mlle Roy lui expliqua que sa nièce et les amies de celle-ci les avaient arrachées au sable de la baie.

« Elles ont une grande valeur, fit le jeune homme. Que comptez-vous faire de ce trésor? Je

connais plusieurs personnes qui vous en offriraient un bon prix. »

Mlle Roy se tourna vers sa nièce et les deux cousines.

« C'est vous qui les avez repêchées, c'est à vous d'en disposer, quand la police vous en donnera l'autorisation. »

Les trois amies se concertèrent, et Alice répondit en leurs noms à toutes :

« Si nul ne les réclame, nous aimerions les offrir au musée de la ville. »

Le visage du caissier se fendit en un large sourire.

« Le conservateur vous en sera très reconnaissant. Me permettez-vous de lui en parler?

— Si vous voulez, mais il lui faudra attendre le délai légal.

— Bien entendu, merci beaucoup », dit le caissier, et il se remit à son travail.

Après avoir enfermé les pièces dans le coffre-fort, Mlle Roy rangea la clef dans son sac et elle repartit avec les jeunes filles en direction de l'embarcadère. Yo y était. Il les accueillit avec son habituel sourire ironique.

« Alors, comment va ce bon vieux mystère? plaisanta-t-il.

— Couci couça, répondit Alice. Nous avons une question à vous poser. Auriez-vous vu sur la montagne une grotte pouvant servir de refuge à des malfaiteurs?

— Oui, répondit aussitôt le jeune homme. Ce ne peut pas être la grotte de Natty Bumppo — elle reçoit la visite de trop de campeurs et touristes. Cooper l'a rendu célèbre dans un de ses récits. Non, celle à laquelle je pense est assez haut, dans une partie plus sauvage de la forêt. Vous croyez que des voleurs l'ont choisie comme repaire? »

Ne voulant pas trop s'avancer, Alice se borna à répondre :

« Nous aimons beaucoup jouer aux gendarmes et aux voleurs. C'est une idée comme une autre pour passer le temps, vous ne croyez pas? »

Yo la scruta du regard.

« Ne vous moquez pas de moi. Vous pensez que l'homme vert est un bandit, n'est-ce pas? »

Alice haussa les épaules.

« Je l'ignore. Consentiriez-vous à nous conduire à cette grotte?

— Cela vous irait-il en fin d'après-midi?

— Magnifique! répondit Alice. Nous vous attendrons au chalet.

— J'y viendrai tout de suite après mon travail. »

Lorsque fut venu le moment de s'habiller pour l'expédition prévue, Bess refusa tout net d'y participer. Alice et Marion revêtirent des jeans et des chemises à manches longues usagées, enfilèrent des chaussures de marche et nouèrent des foulards autour de leur tête.

Yo arriva vers six heures. Le trio partit aussitôt. Chacun emportait une torche en prévision d'un retard possible dans leur programme.

Yo ne suivit pas la piste que les jeunes filles connaissaient maintenant comme leur poche. Au lieu de cela, il les emmena dans un dédale de lianes, de buissons, de ronces et d'arbres. Le sol était très rocailleux. Ils glissaient sans cesse. Enfin, Yo annonça qu'ils approchaient.

« Il serait prudent de ne plus faire de bruit », murmura-t-il.

Ils se faufilèrent en silence à travers les taillis. Aucun son ne sortait de la grotte.

« Je pense que nous pouvons y entrer », dit Yo.

Bien dissimulée, la caverne s'enfonçait profondément dans le flanc montagneux et l'entrée en était partiellement cachée par des plantes grimpantes.

De l'ouverture, on voyait l'autre extrémité. Elle brillait comme une lampe au néon.

Alice et Marion se précipitèrent, mais à peine avaient-elles parcouru quelques mètres qu'elles entendirent des battements d'ailes accompagnés de piaulements. En une seconde, des centaines de chauves-souris foncèrent dans leur direction.

Les jeunes filles tournèrent les talons et s'enfuirent.

Aveuglés par le soleil, les petits mammifères ailés se heurtèrent aux arbres, certains tombèrent à terre. Très vite, guidés par leur instinct, la plupart regagnèrent la grotte où ils se suspendirent tête en bas à la voûte.

« Voilà qui met un point final à notre expédition, fit Marion.

— Pas du tout, répondit Yo. Maintenant que les chauves-souris ont fait notre connaissance, elles n'auront plus peur de nous et ne nous importuneront plus. Je vais vous le prouver en entrant le premier. »

Yo avait raison. Les chauves-souris ne bougèrent pas de place. Rassurées, Alice et Marion suivirent leur guide. Elles purent constater que la caverne était faiblement éclairée par la lumière mystérieuse qui brillait tout au fond.

Quand ils s'en furent approchés, Alice s'écria :
« Des champignons phosphorescents géants!
— N'en mangez surtout pas, fit Yo. A moins toutefois que vous ne désiriez vous retrouver à l'hôpital!
— En tout cas, cette découverte fera plaisir à quelqu'un, dit Marion au jeune homme. Nous avons rencontré une jeune botaniste qui cherchait des champignons de cette espèce. Il faudra l'amener ici.
— Pourquoi ne pas en arracher un et le lui apporter? suggéra Alice.
— J'ai ce qu'il faut », dit Yo en sortant de sa poche un couteau de trappeur.
Alice défit son foulard, le tendit sous un champignon que Yo détacha avec adresse de la paroi.
« Tina sera ravie », déclara Alice en nouant les quatre coins du foulard, pour en faire un petit baluchon.
Marion demanda à Yo si l'endroit où il avait aperçu le sorcier était loin de là.
« Oh! oui, fit-il. Beaucoup plus loin! De l'autre côté de la piste.
— Une chose est sûre, dit Alice tandis qu'ils regagnaient l'entrée; nous ne sommes pas dans le repaire des voleurs. Les chauves-souris les auraient chassés eux aussi, et aucun signe ne révèle une présence humaine.
— C'est exact, approuva Yo. Maintenant, si le cœur vous en dit, je vais vous conduire là où l'homme vert pourrait, selon moi, se cacher.
— Je vous en prie, ne perdons pas une minute », répondit Alice, plus impatiente que jamais.
En sortant, les promeneurs s'aperçurent que

le jour déclinait très vite. Bientôt, ils auraient besoin de leurs torches.

« En quoi est faite cette grotte », demanda Marion en posant la main sur la paroi pour tâter la roche.

L'instant d'après, elle criait :

« J'ai été piquée! Seigneur! Que j'ai mal! »

Alice et Yo se retournèrent juste à temps pour voir une sorte de ver géant sur le bras de Marion. D'un geste rapide, Yo le fit tomber à terre et l'écrasa sous son pied.

« C'est un mille-pattes venimeux. Il est très dangereux! »

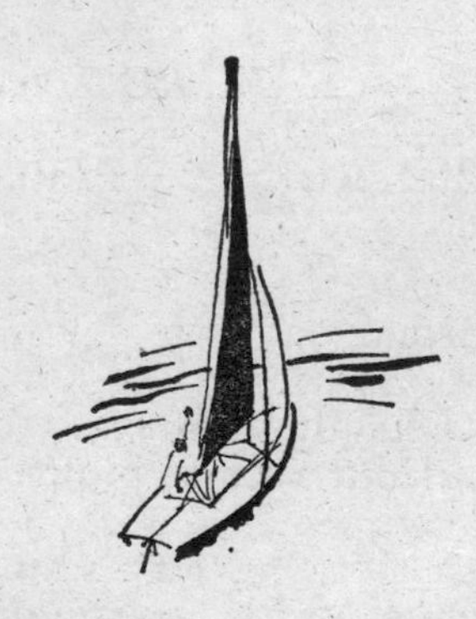

CHAPITRE X

DES EMPREINTES PARLANTES

Tout en prononçant ces paroles effrayantes, Yo avait pris Marion par la main et l'avait entraînée un peu plus loin. Malgré la pénombre grandissante, il put voir la piqûre sur le bras de la jeune fille.

Yo se baissa, posa les lèvres sur la morsure et se mit à sucer le poison, s'arrêtant pour cracher le liquide avant de recommencer. Alice et Marion ne soufflaient mot.

« Ça suffit, dit le jeune homme en se redressant. Mais ne bougez pas. »

Marion avait bien trop peur pour désobéir.

« Puis-je vous aider? demanda Alice.

— Oui, répondit Yo. Arrachez ces plantes grimpantes et enlevez les feuilles. »

En quelques secondes, ils eurent deux grandes tiges dont Yo se servit pour poser un garrot au-dessus de la blessure. Puis il enjoignit à Alice d'en placer un autre juste au-dessous.

Cela fait, il pria Marion de garder l'immobilité la plus absolue.

Elle obéit sans quitter du regard les mains du jeune homme. Il alluma sa torche, chercha une petite pierre coupante, la nettoya soigneusement avec une feuille de vigne vierge, ensuite il la frotta de haut en bas sur le bras valide de Marion.

Alice ouvrait de grands yeux. Ce manège l'ahurissait. Elle se demandait si, maintenant que le danger était passé, Yo ne se divertissait pas à leurs dépens.

Elle ne tarda pas à constater qu'il était des plus sérieux. Avec la pointe acérée de la pierre, il traça adroitement une croix sur la blessure. Le sang se mit à couler.

« Il faut évacuer la moindre goutte de poison qui pourrait être restée dans le bras, expliqua-t-il. Il ne faut pas que vous fassiez le moindre mouvement, Marion. Lorsqu'on a été mordu ou piqué par un animal venimeux, il faut remuer le moins possible afin de ne pas accélérer les battements du cœur. »

Au bout de deux ou trois minutes, il permit à Marion de s'asseoir.

Alice voulut savoir où Yo avait appris à soigner ce genre de piqûre.

« Auprès d'un vieil Indien, répondit en souriant le jeune homme, là-bas, dans la vallée de Cherry. Les Indiens de ce territoire soignent très bien les plaies de toutes sortes et font même de petites interventions chirurgicales. Ils connaissent aussi les propriétés médicinales des plantes de la région. »

Yo examina la plaie, puis, apparemment satisfait, retira le garrot.

« Quand vous avez frotté la pierre sur ma peau, dit Marion, était-ce un tour de magie?

— Non. J'ai nettoyé la pierre du mieux possible, en l'absence d'eau ou de désinfectants. Selon mon vieil Indien, s'il était resté des microbes quand j'ai fait une entaille dans votre bras, ce n'aurait plus été que les vôtres. »

Les deux amies regardèrent le jeune homme avec un nouveau sentiment de respect. Il avait une personnalité aussi déconcertante que sympathique.

« Vous m'avez sauvé la vie, dit Marion. Merci. »

Comme le jeune homme rougissait d'embarras, elle ajouta avec un sourire :

« Je dois en effet être un sac à microbes, mais je n'aurais pas songé à en chercher sur mon bras. »

Alice et Yo éclatèrent de rire.

« Si vous êtes en état de marcher, dit le jeune homme, nous ferions peut-être bien de redescendre. Il commence à faire très sombre.

— Je me sens beaucoup mieux, déclara Marion. Allons-y. »

A la lueur des lampes électriques, ils se mirent en route. Alice insista pour ne pas reprendre le même chemin qu'à l'aller, à cause du sol par trop rocailleux.

« Ne pourrions-nous gagner la piste et la suivre jusqu'en bas?

— Rien de plus facile », répondit Yo.

Il prit la tête du petit groupe.

Le sous-bois était si dense qu'on y passait avec peine. On se serait cru dans la jungle, décréta Marion. Enfin, au bout de quelques minutes, ils arrivèrent à la sente. Au moment de s'y engager, Alice s'arrêta court.

« Qu'as-tu entendu? demanda Marion.

— Rien, mais regarde par terre. Ne vois-tu pas cette empreinte de chaussure? »

Ses deux compagnons regardèrent attentivement la marque laissée par une chaussure d'homme. Alice promena le faisceau de sa lampe autour d'elle dans l'espoir de découvrir l'empreinte de l'autre soulier.

« Voilà! » dit-elle.

Se penchant, elle l'étudia longuement :

« Si ce sont celles de Sam ou de Mick, la pointe du pied droit est tournée vers l'extérieur. Pas celle du pied gauche.

— Il marche irrégulièrement, ajouta Marion, et porte le poids du corps sur le talon droit. »

Yo écoutait bouche bée.

« Seriez-vous des détectives? » demanda-t-il.

Elles ne répondirent pas. Alice traversa le sentier et inspecta le sol de l'autre côté. La végétation était si touffue qu'elle ne put rien discerner.

Yo répéta sa question. Les deux amies se contentèrent de sourire malicieusement.

« Nous aimons les mystères », répondit enfin Alice.

Toutes deux continuèrent leurs recherches.

« L'homme est grand. Il fait de longues enjambées. »

Au bout d'un moment, elles aperçurent une série d'empreintes différentes.

« Elles ont été faites par des bottes de marche, sans doute très usagées.

— Comment le savez-vous? fit Yo qui les suivait pas à pas.

— A cause de leurs empreintes irrégulières. Le propriétaire est un homme plus petit que l'autre et il avance droit devant lui. Mais il fait une sorte de bizarre petit mouvement de danse avec le pied droit dont la semelle s'use plus vite. »

Yo partit d'un grand éclat de rire.

« Et je parie, Mlle Sherlock Holmes, que vous

allez me dire l'âge de ces hommes et me préciser que ce sont des malfaiteurs. »

Alice admit que l'honnêteté, ou la malhonnêteté, ne se devinait pas aux empreintes; en revanche il lui était parfaitement possible de conclure que les deux hommes étaient en excellente forme physique et qu'ils marchaient vite.

« J'en déduis donc qu'ils doivent être assez jeunes. Ils n'ont pas plus de quarante ans. »

Yo ne cacha pas son admiration. Il rappela ensuite aux jeunes filles leur décision de rentrer.

« C'est vrai, convint Alice. J'oubliais que Marion doit se reposer. »

Son amie protesta qu'elle se sentait parfaitement bien et insista pour suivre les empreintes. Bientôt, ils arrivèrent à un appentis presque entièrement recouvert par la végétation. Les jeunes filles braquèrent leurs torches à l'intérieur. Il était vide.

Les empreintes s'arrêtaient là. Alice cherchait à comprendre. Les deux promeneurs ne s'étaient tout de même pas évaporés. Comment avaient-ils pu repartir sans laisser de traces?

Yo émit une hypothèse.

« Il est possible qu'à partir de là, ces hommes aient employé la vieille méthode indienne : balayer les empreintes avec des feuillages.

— Vous devez avoir raison, approuva Alice.

— Me voilà promu apprenti détective! dit-il en riant.

— Pourquoi pas? » fit Marion.

Alice s'était courbée pour ramasser quelque chose à l'intérieur de l'appentis. Elle chercha encore et trouva un second objet.

« Qu'est-ce que c'est? » demanda Marion.

Son amie les lui présenta sur la paume de sa main.

« Des barrettes à cheveux! s'exclama Marion. Une femme est passée par là. Comment se fait-il que nous n'ayons pas relevé ses empreintes?

— Je l'ignore. Elle les a peut-être effacées, comme le suggérait Yo.

— Pourquoi elle et pas ses compagnons? »

Alice eut un léger haussement d'épaules. Elle n'en savait rien.

Yo était très intrigué.

« Croyez-vous que ce soit la jeune fille qui vous ressemble, Alice?

— Oui. Vous l'avez vue entrer dans le bois; ces barrettes doivent lui appartenir. »

En l'absence d'autres indices, le trio prit le chemin du retour. Il faisait complètement nuit quand Yo laissa Alice et Marion devant le chalet.

« Dieu soit loué! Vous voilà enfin! fit Bess. Mais que t'est-il arrivé, Marion? »

Elle venait de remarquer la croix sur le bras de sa cousine.

« Oh! Une petite discussion avec un mille-pattes venimeux.

— Que dis-tu? s'écria Bess. Tu aurais pu mourir! »

Marion raconta sa mésaventure. Mlle Roy et Bess ne tarirent pas d'éloges sur la promptitude et l'efficacité des soins administrés par Yo.

Mlle Roy montra du geste le foulard noué d'Alice.

« Que portes-tu dans ce baluchon? »

Alice défit les nœuds et éteignit les lampes. Le champignon apparut dans toute sa beauté phosphorescente.

« Quelle merveille! s'extasia Bess. Que comptes-tu en faire?

— L'apporter à Tina », répondit Alicc.

Elle jeta un coup d'œil à son bracelet-montre.

« Il n'est pas encore très tard, Bess. Portons-le-lui, veux-tu? »

Bess y consentit volontiers. Les deux jeunes filles partirent dans la voiture d'Alice. Quand elles arrivèrent au camp, Tina regagnait sa tente pour se coucher. Elle les accueillit chaleureusement.

A la vue du champignon, elle poussa un cri de joie.

« Où l'avez-vous trouvé? »

Alice lui expliqua comment se rendre à la grotte.

« Mais soyez prudente. Il y a des chauves-souris et des mille-pattes venimeux. »

Tina prit une mine effrayée.

« Oh! je n'ai aucune envie de les affronter! Je réfléchirai à deux fois avant de m'y aventurer. Merci infiniment. C'est une trouvaille unique! J'aurai droit aux félicitations — imméritées — du professeur de sciences naturelles. »

De jeunes campeuses arrivaient. Alice et Bess prirent congé de la monitrice et rentrèrent chez elles.

Le lendemain matin, les trois amies passèrent plus d'une heure à balayer et ranger le chalet en prévision de la venue des trois garçons. Alice s'installa dans la chambre de sa tante.

Mlle Roy avait cueilli des fleurs sauvages qu'elle disposa avec beaucoup de goût dans un gros vase de la salle de séjour.

« A quelle heure arrivent-ils? demanda Bess.

— Entre cinq heures et cinq heures et demie », répondit Alice.

Le ménage terminé, elles se reposèrent un peu sur la terrasse. Un bruit de pas leur fit tourner la tête. Mlle Armitage gravissait l'allée qui menait au chalet.

« Bonjour! Bonjour! dit-elle gaiement. La Dame du Lac vient aux nouvelles. »

Elles éclatèrent toutes de rire et s'empressèrent de lui offrir un siège.

« Nous avons opéré plusieurs plongées, lui apprit Alice. Hélas, jusqu'ici nous n'avons pas retrouvé le carrosse! Mais hier nous avons remonté à la surface des pièces anciennes.

— Bravo! fit Mlle Armitage. Avez-vous l'intention de reprendre vos recherches ce matin? Je suis venue un peu dans l'espoir de vous regarder. Peut-être vous porterai-je chance?

— Nous avions justement l'intention de revêtir nos combinaisons, dit Marion. Attendez-nous, nous revenons tout de suite. »

Peu après, elles étaient prêtes. Alice tenait le détecteur de métaux. Elles disparurent sous l'eau. Mlle Armitage et Mlle Roy ne quittaient pas du regard l'endroit où elles s'étaient enfoncées.

« Quelles jeunes filles intrépides et sympathiques! déclara la visiteuse.

— Ce n'est certes pas moi qui vous contredirai, fit Mlle Roy. Malheureusement, il arrive qu'Alice s'enthousiasme un peu trop vite et s'expose à de terribles dangers. »

Quelques minutes plus tard, Alice remontait à la surface et nageait vers le ponton.

« Venez prendre ce trésor! » cria-t-elle en posant un objet bizarre sur le bord.

Ce n'était qu'une tirelire d'enfant en forme de petit cochon. Elle était remplie de pièces qui tintaient. En riant de bon cœur, les deux femmes regagnèrent la terrasse. Mlle Roy alla dans la cuisine préparer du café. Tout à coup, elle entendit Mlle Armitage pousser un cri à glacer le sang.

CHAPITRE XI

UN INDICE

« QUE SE PASSE-T-IL? » demanda Mlle Roy d'une voix que l'angoisse rendait rauque.

Mlle Armitage montra de la main une vedette à moteur qui s'éloignait à toute vitesse.

« Le pilote a failli tuer Bess!

« La jeune fille, expliqua-t-elle, venait de remonter à la surface quand le bateau l'avait frôlée. De deux choses l'une : ou la femme qui manœuvrait le bateau n'avait pas vu Bess ou elle avait délibérément essayé de la heurter!

— Où est Bess maintenant? demanda Mlle Roy, bouleversée.

— Elle a vu la vedette foncer sur elle et a aussitôt plongé. La voilà! » ajouta l'institutrice.

La jeune fille venait de reparaître à la surface. Elle nagea vers le ponton où Mlle Roy et Mlle Armitage l'aidèrent à se hisser.

« Vous n'avez rien? demandèrent-elles à l'unisson tandis qu'elle retirait son masque.

— Non, répondit la jeune fille d'une voix faible. Mais j'ai eu une peur affreuse. »

Alice et Marion rejoignirent le groupe quelques secondes plus tard et voulurent savoir ce qui s'était passé. Alice écouta attentivement la description du bateau et de la femme qui le pilotait.

« C'est une vedette rapide, la *Sorcière du Lac*, répondit Mlle Armitage.

— Le nom lui va bien, observa Marion.

— J'ai bien vu la femme ou plutôt la jeune fille, reprit l'institutrice. De loin, on aurait pu la confondre avec vous, Alice. »

Bess, Marion, Alice et Mlle Roy échangèrent des regards entendus.

« Nous ne cessons d'entendre parler de cette fille, dit enfin Alice. Elle est recherchée par la police. Vous êtes au courant de l'escroquerie commise aux dépens de touristes, n'est-ce pas? »

Mlle Armitage ayant fait un signe affirmatif, Alice poursuivit :

« C'est elle, la coupable. Il paraîtrait qu'elle a un complice habitant New York.

— Que fait-elle par ici? demanda Mlle Armitage. Si la police la recherche, elle est bien hardie de se promener sur le lac et de s'approcher d'une personne qui lui ressemble. Alice, je crains que ce soit vous qu'elle visait et non pas Bess. »

Les trois amies décidèrent d'interrompre leurs plongées par mesure de prudence jusqu'à l'arrivée des garçons.

« Nous ne reprendrons nos recherches que demain, promit Alice. Ne vous inquiétez pas. »

La Dame du Lac but une tasse de café avant de prendre congé. Après son départ, Alice et ses amies discutèrent de l'incident. Il fut décidé que la première chose à faire était d'identifier la personne qui pilotait la *Sorcière du Lac*.

« J'estime que nous avons eu assez d'émotions, intervint Bess, ne pourrais-tu pas, Alice, nous accorder un peu de répit? J'ai grande envie de jouer les touristes cet après-midi. Ce sera plus reposant que de jouer les détectives. »

Mlle Roy refusa de se joindre au trio, alléguant qu'elle avait déjà visité tous les musées au cours de l'été précédent.

« Je vous conseille d'aller faire un tour à celui des Jouets. Il est situé sur la rive ouest du lac, assez loin de la ville. »

Vivement intéressées, les jeunes filles se mirent en route aussitôt après le déjeuner. Elles traversèrent Cooperstown, prirent la Route 80, en direction de Timberley. Enfin, elles arrivèrent devant une vieille ferme prolongée par une grange transformée en musée.

Alice entraîna ses amies à l'intérieur de la ferme. Elles payèrent leur ticket d'entrée à un homme grand, mince, très affable, qui se présenta à elles comme étant le propriétaire. Il se proposa comme guide.

« Tout ici est authentique. Les jouets et autres

objets que j'ai pu rassembler ont de cinquante à deux cents ans. »

Il les conduisit d'abord devant les poupées. Jamais Bess n'en avait vu autant. Faites en matériaux divers, habillées de tous les costumes imaginables, elles représentaient des hommes, des femmes, des garçons, des filles, des bébés...

Certaines avaient des visages ravissants et des robes de broderie et de dentelles. La plupart des poupées-garçons portaient des bérets de marin et des vêtements très ajustés. Il y en avait qui représentaient des clowns, aux traits caricaturaux, tristes ou gais.

Les amies admirèrent aussi une exposition de voitures d'enfants et de voitures de poupées.

Bess murmura à l'oreille d'Alice et de Marion :

« Je ne vois rien qui puisse rivaliser avec le carrosse russe, à en croire la description de Mlle Armitage. »

Une autre salle contenait des jouets mécaniques, une autre encore la reproduction d'un des premiers trains.

Enfin, elles entrèrent dans la salle où étaient exposés les livres anciens. Elles se divertirent à la vue des illustrations montrant des petites filles en culottes brodées, aux corps disproportionnés. Bess en fit la remarque au propriétaire. Il se mit à rire.

« C'est une étrange période de l'art. Tous ces livres d'enfants nous offrent les mêmes images. Les corps sont trapus, lourdauds, les têtes beaucoup trop grosses. Vous retrouverez ces caractéristiques jusque dans les tableaux de maîtres datant de la même époque et dans les représentations des anges. »

Tout en l'écoutant, Alice regardait sur un rayon des Valentines, ces cartes que les amoureux s'envoient le 14 février. Comme elles étaient amusantes, avec leurs couvertures de dentelles, les cœurs et les amours qui les ornaient!

Une carte retint l'attention d'Alice. Sous le dessin elle déchiffra un nom : Maud Jayson. Très intriguée, elle demanda au propriétaire s'il lui permettrait de l'examiner de plus près. Elle fit signe à ses amies de s'approcher et leur montra le nom.

Bess et Marion sursautèrent. Serait-ce la personne dont Mlle Armitage avait parlé à propos du mystère du carrosse russe?

Alice tourna et retourna la carte. L'écriture était appliquée, les majuscules tracées avec art comme autrefois. Voici ce qu'elle lut :

Tendre souvenir à toi,
A l'adorable petite fille aussi,
Riant dans son carrosse d'or
Qui gît maintenant près
Du Miroir d'argent.

N Ɔ E
5 R

Les trois amies eurent peine à refréner leur excitation. N'était-ce pas un indice miraculeux qui, peut-être, leur permettrait d'élucider le mystère?

Sur un ton aussi indifférent que possible, Alice demanda au propriétaire :

« Cette carte est-elle à vendre? »

L'homme eut un sourire.

« Pas vraiment. Je la gardais pour mon musée, mais si quelqu'un m'en offrait un bon prix, je m'en séparerais. »

Une lueur amusée dans les yeux, il guetta la réponse.

« Je ne sais pas combien elle vaut, répondit Alice, cependant j'aimerais l'acheter. »

Elle hésita un moment, puis cita un chiffre.

« C'est très au-dessous de sa valeur », dit l'homme avec une moue.

Alice proposa une somme plus élevée. Elle essayait de compter combien d'argent elle pouvait réunir avec ses amies.

« Ajoutez encore dix dollars, et elle est à vous », déclara le propriétaire.

Quelle chance! se dit la jeune fille, soulagée. Elle avait un peu plus que cela à elle seule. Le prix n'en était pas moins excessif pour une carte de Saint-Valentin. Mais, tout compte fait, elle constituait un indice à ne pas négliger.

« Je la prends », dit-elle.

Le propriétaire enveloppa la carte. Les trois amies le remercièrent de leur avoir fait visiter le musée et se dirigèrent vers la sortie.

« Vous n'avez pas tout vu, protesta-t-il. J'ai encore beaucoup de choses à vous montrer. »

Alice lui promit de revenir une autre fois.

« Il se fait tard et nous avons une course importante à faire. »

Quand elles furent en voiture, Bess demanda :

« Qu'est-ce que tu as en tête, Alice?

— Je voudrais apporter cette carte à Mlle Armitage. Elle pourra peut-être déchiffrer le message codé. Les deux lettres N et E entourant un C renversé m'intriguent. »

La Dame du Lac les accueillit chaleureusement.

« Attendez de voir ce qu'Alice veut vous montrer », s'écria Bess.

A la vue de la carte, les yeux de Mlle Armitage s'embuèrent. Alice la pria de lui expliquer la signification des lettres en grands caractères d'imprimerie et du chiffre 5.

Après avoir réfléchi un long moment, l'institutrice répondit :

« Je peux seulement vous dire que le R est l'initiale de Robert. Il était valet de chambre chez mon aïeule russe, la mère de la petite fille. Très amoureux de Maud Jayson, il lui demanda à plusieurs reprises sa main. Elle l'a toujours refusée. On ne sait pourquoi. Ils ne se sont mariés ni l'un ni l'autre. »

Mlle Armitage et les trois amies cherchèrent pendant près d'une demi-heure la clef des autres symboles, sans parvenir à la moindre conclusion.

« Il est l'heure de rentrer! s'écria soudain Bess. Les garçons vont arriver d'un instant à l'autre. »

Alice se leva.

« Mademoiselle, dit-elle, cette carte vous revient de droit, nous permettez-vous cependant de la garder un peu? J'aimerais encore l'étudier. Je suis sûre que ces lettres indiquent l'emplacement du carrosse.

— Je vous en prie, emportez-la, répondit l'institutrice. Et bonne chance! »

Les jeunes filles eurent à peine le temps de regagner le chalet, de se laver les mains, de se brosser les cheveux, avant l'apparition de leurs visiteurs. Ned, grand, brun, sportif, entra le premier. Derrière lui venaient Daniel — blond, bien découplé —, puis Bob — blond également, mais plus petit et plus trapu —, et enfin un homme au visage ouvert, très distingué, de l'âge de Mlle Roy.

Les trois étudiants embrassèrent leurs amies et leur hôtesse qu'ils connaissaient et aimaient beaucoup. Puis Bob fit les présentations.

« Mlle Roy puis-je vous présenter le professeur Mathieu Bronson? Il tiendra la chaire de chimie à Emerson l'automne prochain. Oncle Matt, voici Alice Roy, Bess Taylor et Marion Webb dont nous vous avons rebattu les oreilles. »

Un large sourire aux lèvres, le professeur leur serra la main à tour de rôle.

« Je vous en prie, oubliez que je suis un vénérable professeur et appelez-moi tout simplement Matt. »

Il avait une valise avec lui. Mlle Roy en conclut

qu'il projetait de rester. Comme s'il devinait sa pensée, il déclara :

« Ces garçons ont insisté pour que je fasse tout de suite votre connaissance. Je sais que vous êtes très nombreux ici, aussi ai-je bien l'intention de retourner à Cooperstown où il y a de bons hôtels, m'a-t-on dit.

— Il n'en est pas question, Matt, protesta Mlle Roy avec un aimable sourire. Nous avons un lit de secours sur la terrasse. Vous pourrez soit le faire transporter dans la chambre des garçons, soit le laisser ici. Ce sera comme vous préférerez.

— J'aime dormir en plein air, répondit le professeur. Comme vous avez une belle vue! La baie ressemble à un miroir.

— Oui, elle mérite bien son nom. Nous prenons tous nos repas ici pour profiter du spectacle toujours changeant qu'elle nous offre. Je suis sûre qu'il vous enchantera.

— Impossible de refuser une invitation aussi aimable », dit Matt en lançant à Mlle Roy un regard si chaleureux, si amical, qu'elle rougit.

Bess fit un clin d'œil à ses amies.

CHAPITRE XII

LE SECRET DES LUCIOLES

ALICE et Marion sourirent. Cette manie qu'avait Bess de voir des romans partout les divertissait. Roman ou non, les garçons avaient eu une idée charmante d'amener un compagnon à Mlle Roy. Ainsi, elle ne resterait pas seule quand les jeunes iraient de leur côté. Cet arrangement semblait satisfaire Mlle Roy et Matt.

Le professeur possédait l'art de la conversation. Il charma ses auditeurs en leur faisant revivre les débuts de l'Etat de New York au temps des Hollandais.

« J'ai beaucoup étudié cette période et je suis tombé sur des détails à la fois amusants et surprenants, dit-il. Chacun avait son orthographe personnelle. Prenons par exemple le mot poire : il s'écrivait : *poire*, poèère, pouare, pouaire et ainsi de suite.

— Donnez-nous d'autres exemples, s'il vous plaît, dit Alice, vivement intéressée.

— Je vais écrire une phrase, répondit Matt. Elle était gravée sur une pierre : J'on keuilli un' poèère pour ma fème. »

Alice déchiffra les mots à haute voix.

« J'ai cueilli une poire pour ma femme. »

« C'est cela même, approuva Matt.

— Je comprends maintenant comment tant de mots se sont peu à peu déformés », dit Bess.

Les jeunes filles aidèrent Mlle Roy à préparer le dîner. Bess disposa le couvert sur la table de la terrasse. Au cours du repas, Ned demanda à Alice :

« Quelles sont les dernières nouvelles? As-tu un mystère à nous proposer comme distraction?

— Un mystère? fit Bess en pouffant. Parle plutôt de mystères au pluriel. L'un est plaisant, bien qu'un ennemi inconnu ait tenté de m'envoyer par le fond avec un canot à moteur.

— Que dis-tu? » s'écria Daniel.

On lui raconta l'accident dont Bess avait failli être victime, puis la découverte des pièces anciennes et enfin celle d'une tirelire en forme de cochon qui provoqua des éclats de rire.

« Contenait-elle quelque chose, au moins? demanda Bob.

— Oui Nous sommes persuadées qu'elle regorge de sous, répondit Marion. Nous n'avons pas encore essayé de l'ouvrir. Après tout, ce sont peut-être de très, très vieux sous, qui valent beaucoup d'argent. »

Marion alla chercher la tirelire. Ned l'ouvrit avec un tourne-vis. Ils virent plusieurs pièces dont la somme s'élevait à quelques dollars, mais aucune n'était assez ancienne pour avoir pris de la valeur.

Les jeunes filles en vinrent ensuite à parler du carrosse blanc et or qui, selon Mlle Armitage, reposerait au fond de la baie.

« Promettez de n'en souffler mot à personne », dit Marion en conclusion.

Bob sourit malicieusement.

« Ah? Pourquoi? » fit-il en se moquant.

Daniel et Ned se joignirent à lui.

« Vous savez bien, pourtant, que nous adorons dévoiler les secrets? Cela rend les mystères moins mystérieux; n'est-ce pas ce que vous cherchez? »

Après un joyeux échange de taquineries, Alice annonça :

« Nous avons besoin de votre aide. Sans vous, nous ne réussirons pas à situer ce carrosse et encore moins à le remonter à la surface.

— A votre disposition, chef, fit Daniel en claquant les talons.

— Il me semble que nous sommes arrivés à point, dit Ned. Pas d'autres mystères?

— Il nous faudrait la nuit pour vous raconter tout ce que nous avons appris, soupçonné et découvert et tout ce que nous n'avons pas encore appris, soupçonné et découvert », répondit Bess en riant.

Elles relatèrent à tour de rôle les divers épisodes du mystère de la montagne : les bizarres apparitions et disparitions d'un sorcier vert, les champignons phosphorescents de la grotte, les mille-pattes venimeux.

« Marion! s'exclama Bob. Comme tu as dû avoir peur! »

Matt était resté silencieux jusque-là.

« Je n'ai jamais connu de vacanciers auxquels il arrive un si grand nombre d'incidents en un laps de temps aussi bref. Figurez-vous que je m'intéresse moi aussi aux champignons phosphorescents et aux insectes. Je les ai longuement étudiés au cours de mes travaux de chimie.

— Il faudra que vous fassiez la connaissance de Tina. Elle est monitrice dans un camp de jeunes non loin d'ici, déclara Alice. Etudiante en chimie, elle prépare un exposé sur les champignons phosphorescents. Elle serait sûrement heureuse de recevoir vos conseils. »

Bob intervint vivement :

« Je t'en prie, ne prends pas des rendez-vous pour mon pauvre oncle. Il est venu ici dans l'intention de se distraire et d'oublier la chimie. »

Matt Bronson regarda son neveu en riant :

« Quand un sujet vous passionne, on ne s'en lasse jamais, même en vacances. Prenons Alice, par exemple. Sa tante l'a invitée dans l'espoir qu'elle s'amuse et la voilà plongée dans des mystères! »

La conversation fut interrompue par un appel venant du ponton.

« Hé! Ho! Y a-t-il quelqu'un?

— C'est Yo, expliqua Alice. Son vrai nom est John Bradley, mais tout le monde l'appelle Yo. »

Se tournant vers la baie, elle cria :

« Est-ce vous, Yo?

— Oui.

— Montez! »

Quand le jeune homme arriva, on le présenta au professeur et aux trois garçons. Il serra les mains à la ronde, puis, s'adressant à Alice, il dit :

« J'ai un indice pour vous.

— Splendide. Qu'est-ce que c'est? »

Il avait vu la jeune fille qui ressemblait à Alice. Elle montait dans un car à destination de New York.

« Bravo! Voilà une nouvelle intéressante! » s'écria Alice.

Yo grimaça un sourire.

« Je pense qu'elle est partie pour de bon, dit-il. Vous devez vous en réjouir, je pense?

— Certes oui, convint Alice. Mais il se peut qu'elle revienne. A propos, Yo, sauriez-vous à qui appartient la vedette à moteur qui porte le nom de *Sorcière du Lac*?

— Non, je l'ai vue au mouillage, c'est tout ce que j'en sais. »

Alice lui apprit que la jeune fille qui pilotait ce bateau avait failli heurter Bess. Aussitôt, Yo proposa de s'enquérir du propriétaire.

Changeant de sujet, il se tourna vers Matt Bronson :

« Vous êtes-vous déjà promené dans nos bois? demanda-t-il.

— Non, jamais. J'ai cru comprendre qu'ils présentent un grand intérêt du point de vue historique.

— Oh! pas seulement de ce point de vue. C'est une région hantée!

— Vraiment? » fit Matt avec une lueur dansante dans les yeux.

Yo était sérieux.

« Vous ne me croyez pas? Fort bien, je vais vous raconter une histoire vraie. »

Et le jeune homme commença :

« Non loin d'ici, il y a de cela très, très longtemps, un homme et sa femme se promenaient par une nuit obscure dans une carriole attelée d'un cheval. La route était déserte et la ville encore lointaine. Ils se sentaient terriblement las. A un détour du chemin, ils aperçurent une maison éclairée. « Ces gens auront peut-être une « chambre à nous prêter pour y passer la nuit », dit l'homme.

« Ils se dirigèrent vers la porte d'entrée. Un couple à cheveux blancs leur ouvrit. Les voyageurs expliquèrent la situation et demandèrent à rester jusqu'au matin. « Certes », fit aimablement le vieillard. Il accompagna l'homme, l'aida à dételer son cheval qu'il installa dans une stalle vide de la grange. Cela fait, il conduisit le couple dans une chambre à coucher, au premier étage, simplement meublée mais confortable. L'homme et la femme s'endormirent aussitôt. Le lendemain matin, de bonne heure, ils s'éveillèrent et, ne voulant pas déranger leurs hôtes, ils sortirent sans bruit, attelèrent le cheval à la carriole et prirent le chemin de la ville. Leurs amis voulurent savoir où ils avaient passé la nuit.

« En écoutant leur récit, chacun ouvrit des yeux effarés. « Qu'y a-t-il là de si étrange? » demanda l'homme.

« On lui répondit que la ferme avait été entièrement détruite par un incendie il y avait de cela plusieurs années.

« Pourtant nous y avons dormi », protesta le couple et il fut impossible de l'en faire démordre. Pour couper court à la discussion, un de leurs amis s'offrit à les conduire à l'emplacement de la maison. Ils s'y rendirent. Stupéfaits, ils ne virent que des cendres. »

Voyant que Yo se taisait, Ned dit :

« Vous avez omis un détail qui a son importance. Avant de quitter la ferme, l'homme posa une pièce d'argent sur le dessus de marbre de la table du vestibule. Quand il revint, il put à peine en croire ses yeux : sur le marbre, seul épargné par le feu, il vit sa pièce d'argent! »

Yo ouvrit la bouche, écarquilla les yeux.

« Comment le savez-vous? » parvint-il à murmurer.

Pour toute réponse, Ned grimaça un sourire.

Yo ne posa pas d'autres questions. Il se leva, prit congé et partit, l'air vexé. Quelques minutes plus tard, son hors-bord démarrait dans un rugissement sonore.

« Tu connaissais cette histoire de revenants? demanda Alice à Ned.

— Oui. Mais tu ne devinerais jamais où je l'ai apprise... A l'Université, au cours de psychologie. Nous avions choisi comme sujet les fantômes. Les doctes personnes qui étudient ces phénomènes déclarent que les récits de revenants sont issus de l'imagination populaire. »

La nuit était tombée. Les lucioles voltigeaient dans le jardin. Mlle Roy dit combien ces insectes la fascinaient.

« J'ai lu beaucoup d'ouvrages les concernant, conclut-elle, sans parvenir à comprendre ce qui leur permet de produire de la lumière et de l'éteindre. »

Matt sourit.

« Une luciole, dit-il, n'est autre qu'un coléoptère; le terme de cancrelat lumineux lui conviendrait mieux que celui de luciole. Cinq substances chimiques différentes, dont la luciférine, sont contenues dans son abdomen. Des stimulations nerveuses libèrent un sixième composé chimique qui se mélange avec les cinq autres. Cette réaction produit la lumière. Quelques secondes plus tard, un septième élément chimique détruit le sixième et la lumière s'éteint. Les savants s'intéressent vivement à la lumière froide produite par ces coléoptères. Beaucoup de poissons des grandes profondeurs sont également phosphorescents, ainsi que des crevettes, des méduses, des vers et des mollusques.

— Est-ce que les savants sont nombreux à se servir des lucioles pour leurs travaux?

— Oui, ceux qui recherchent la formule magique de la lumière froide. J'ai moi-même travaillé sur le sujet, non pas avec des lucioles, ou avec une créature vivante, mais à partir des facteurs chimiques qui provoquent ce phénomène. Jusqu'à ce jour, je n'ai pas eu beaucoup de chance, mais l'année prochaine j'ai l'intention de consacrer la majeure partie de mon temps à ces recherches. »

Matt achevait ce bref exposé quand le calme nocturne fut rompu par un cri strident venant de la colline. Il fut aussitôt suivi par le bruit d'une chute.

CHAPITRE XIII

LE MONSTRE DES BOIS

ILS SE PRÉCIPITÈRENT tous au bas des marches, coururent en direction de la colline. De l'autre côté de la route, à quelques mètres de l'accotement gisait une jeune femme.

« Etes-vous blessée? s'enquit Mlle Roy. Nous allons vous transporter chez nous.

— Non, non, c'est inutile, répondit l'inconnue. J'ai eu peur et, en m'enfuyant à toute vitesse, j'ai perdu l'équilibre. »

Elle se redressa.

« Vraiment, je n'ai rien. »

Malgré cette affirmation, elle avait le teint livide et tremblait comme une feuille. Une épaisse couche de poussière la recouvrait de la tête aux pieds et ses longs cheveux pendaient en désordre sur ses épaules.

« Désirez-vous que nous vous ramenions chez vous? » demanda Ned.

Elle secoua la tête.

« Non, merci. Aidez-moi simplement à marcher jusqu'à la route et restez auprès de moi, je vous en supplie, jusqu'à ce que mon mari arrive. Il passe me prendre chaque soir au motel où je travaille. Aujourd'hui, je suis sortie plus tôt que d'habitude et j'ai voulu aller à sa rencontre. Mal m'en a pris. Je m'appelle Mary Storr. »

Les garçons aidèrent la jeune femme à se relever, Marion et Alice lui époussetèrent ses vêtements. Bess sortit un petit peigne de sa poche et coiffa les ravissants cheveux bruns de la malheureuse. Mlle Roy lui proposa des mouchoirs en papier avec lesquels elle se nettoya le visage.

« Mon mari ne me reconnaîtra pas, dit Mary sombrement. Je dois avoir une drôle de tête!

— Qu'est-ce qui vous a effrayée? » demanda Marion.

Un frisson secoua la jeune femme.

« Un fantôme est sorti de l'épaisseur des bois, dit-elle. Il y en a, vous savez, dans cette région. Jamais, cependant, je n'avais entendu parler d'un spectre vert.

— Le sorcier vert! s'exclama Bess. Nous l'avons vu, nous aussi. »

Mary Storr ouvrit de grands yeux.

« Je n'ai donc pas rêvé! On ne cesse de me

répéter que les fantômes n'existent pas. Je n'osais pas vous en parler de crainte que vous ne vous moquiez de moi.

— Non, cet homme vert n'est pas un sujet de plaisanterie, déclara Bess.

— La silhouette n'était pas réellement verte, reprit Mary. Elle était blanche et coiffée d'une cagoule. Mais pendant quelques secondes, une étrange lumière verte l'a éclairée, puis s'est éteinte.

— Brrr! Je comprends que vous ayez eu peur, déclara Daniel. Où l'homme s'en est-il allé? »

Mary Storr ne le savait pas.

« Quand il a agité les bras vers moi comme pour me jeter un sort, je me suis mise à courir comme une folle. J'avais réussi à le distancer lorsque j'ai jeté un regard en arrière. A ce moment, j'ai buté sur une pierre, perdu l'équilibre et roulé au bas de la pente. »

Sur ces entrefaites, le petit groupe était parvenu à la route.

« Ouf! Il ne m'a pas suivie, dit la jeune femme après avoir tourné la tête dans toutes les directions. Merci encore mille fois de m'avoir accompagnée un bout de chemin. Vous pouvez être sûrs que je ne m'aventurerai jamais plus seule dans ces parages. »

Des phares apparurent au loin. Quelques minutes plus tard, un homme jeune arrêtait sa voiture près du groupe. Très agitée, Mary expliqua à son mari comment elle se trouvait en si nombreuse compagnie.

Il parut très inquiet.

« Je ne sais comment vous remercier », dit-il à Mlle Roy et à ses compagnons.

Quand ils furent partis, Ned proposa de gravir le versant de la montagne.

« J'aimerais retrouver ce sorcier de malheur! » déclara-t-il, les mâchoires serrées.

Mlle Roy décida de rentrer au chalet. Elle voulait desservir la table et ranger la cuisine. Matt s'offrit à l'aider. Les six jeunes gens se mirent en route dans la direction opposée.

« Nous aurions dû nous munir de torches électriques, dit Alice après avoir parcouru quelques mètres.

— Je cours les chercher », proposa Bob.

Ses amis l'attendirent. Il revint bientôt avec trois torches, une pour chaque couple. Alors qu'ils approchaient de l'endroit où l'homme vert leur était apparu, Marion formula à haute voix la

question qu'elle se posait depuis un bon moment.

« Je me demande si notre sorcier et le fantôme qui a effrayé Mary Storr ne font qu'un.

— Dans ce cas, il disposerait d'un jeu de costumes, fit observer Daniel.

— Je suis persuadée que c'est la même personne qui se sert de déguisements variés », déclara Alice.

Elle ajouta que sa conviction reposait sur la conversation qu'elle avait surprise entre Sam et Mick.

« Nous avons affaire à un sorcier-fantôme, dit Ned. Prenons garde à nous. A propos, j'ai entendu dire que, quand un sorcier jette un sort à quelqu'un, ce quelqu'un peut à son tour ensorceler une autre personne sans que celle-ci le soupçonne. »

Marion s'esclaffa.

« Tu veux dire que Mary Storr a pu ensorceler l'un de nous?

— Ce ne serait pas impossible, plaisanta Ned. Il se peut qu'à notre retour au chalet nous retrouvions tante Cécile et Matt changés en statues.

— Ta science te viendrait-elle de tes cours de légendes populaires? plaisanta Alice.

— Tu l'as deviné », dit-il en riant aux éclats.

Les jeunes gens marchaient à bonne allure. Leurs yeux s'étant accoutumés à l'obscurité et aux scintillements des lucioles, ils avançaient sans peine.

Bientôt, ils se turent, attentifs à la moindre apparition du fantôme.

« Je parie que notre monstre s'est enfui », songeait Alice.

Tout à coup, Bess saisit le bras de Daniel. De

l'autre main, elle montrait un cercle de lumière verdâtre qui, de seconde en seconde, augmentait d'intensité.

Les six jeunes gens s'immobilisèrent. Non loin d'eux, se dressait la figure la plus étrange qu'ils eussent jamais vue. Etait-ce un homme ou une bête? Il avait le corps d'un homme et le pelage d'un animal. Sa tête et son corps étaient iridescents.

« Nous lançons-nous à l'attaque? murmura Ned à l'oreille d'Alice.

— Séparons-nous et encerclons-le », répondit-elle.

Avant qu'ils aient pu bouger, la singulière créature ordonna d'une voix profonde :

« Quittez ces bois tout de suite!

— Et pourquoi donc? demanda Marion d'un ton de défi. Les bois sont à tout le monde! »

La réponse donna le frisson à Bess.

« Gare à vous, si vous ne le faites pas!

— Qu'en dis-tu, Alice? » fit Ned.

La jeune détective voulait capturer le fantôme. Ils se passèrent le mot de l'un à l'autre, formèrent un cercle et commencèrent à se rapprocher.

Tout à coup la lumière verte s'éteignit, la silhouette phosphorescente disparut. Les jeunes gens se rapprochèrent de l'endroit où, une seconde plus tôt, elle se trouvait. Elle n'y était plus.

« C'est sûrement une créature surnaturelle! » fit Bess en claquant des dents.

Bob déclara que la terre l'avait engloutie.

« Selon moi, fit Daniel, cet individu portait un costume spécial. Il l'a retiré en vitesse et a pris la poudre d'escampette avant que nous ayons eu le temps de refermer le cercle sur lui. »

Alice se rallia à cette hypothèse qui, selon elle, offrait une explication satisfaisante. Elle alluma sa torche et en dirigea le faisceau sur le sol, à la recherche d'empreintes. Il y en avait. Elles ressemblaient à celles qu'aurait laissées un animal.

« Suivons-les », suggéra-t-elle.

Ces traces s'enfonçaient dans un sous-bois très dense avant de disparaître. Alice continua dans la direction qu'elles indiquaient. Ses amis ne la quittaient pas d'une semelle.

Au bout de quelques minutes, elle aperçut un tronc d'arbre en travers d'un petit ruisseau. Après avoir franchi ce pont naturel, elle retrouva les empreintes de l'autre côté. Ned était juste derrière elle.

« Venez! cria-t-elle aux retardataires. Les empreintes sont de nouveau visibles — maintenant ce sont celles d'un homme. »

Marion la rejoignit, puis Bob, puis Bess. Soudain un grognement se fit entendre derrière eux. Ils se retournèrent vivement. Daniel avait disparu. Affolée, Bess se mit à crier :

« Daniel, où es-tu? »

Aucune réponse ne lui parvint. Sans perdre une seconde, Alice, Ned, Bob et les deux cousines retraversèrent le petit ruisseau. Quand ils parvinrent sur l'autre rive, Bess promena le faisceau de sa torche autour d'elle.

« Daniel! » hurla-t-elle.

Le jeune homme gisait à plat ventre, le visage contre terre. Il ne bougeait pas.

En un éclair, Bob et Ned s'agenouillèrent près de lui.

« Il respire, annonça Ned, mais on dirait qu'il a reçu un violent coup sur la tête.

— Quelle horreur! » gémit Bess, au bord des larmes.

Alice se demandait si le coup avait été provoqué par une chute brutale, ou si quelqu'un avait assommé leur ami — peut-être le fantôme?

CHAPITRE XIV

UN BAIN FORCÉ

UNE DISCUSSION s'engagea entre les jeunes gens. Fallait-il laisser Daniel immobile un moment ou fallait-il le transporter sans tarder au chalet? Il fut décidé que le mieux serait de le redescendre en prenant garde à ne pas trop le secouer.

« Dépêchez-vous, je vous en prie », dit Bess.

Ils retournèrent très doucement Daniel sur le dos. Alice prit son pouls, Bess sortit un mouchoir parfumé de sa poche et le lui mit sous les narines.

Au bout de quelques minutes, Daniel ouvrit les yeux, promena autour de lui un regard étonné et referma les paupières.

« J'ai reçu un coup violent sur la nuque, parvint-il à murmurer. J'ai un mal de tête atroce.

— Ne bouge pas », conseilla Marion.

Elle alla tremper son mouchoir dans l'eau froide du torrent et revint le poser sur le front du jeune homme.

« Comme c'est bon! » dit-il.

Prenant une profonde aspiration, il ajouta :

« Ce parfum est délicieux! »

Il rouvrit les yeux, essaya de se redresser mais retomba aussitôt en arrière.

« Reste donc tranquille! » ordonna Bob en glissant une main sous l'épaule de son ami.

Encore étourdi, Daniel obtempéra. Après s'être reposé cinq minutes, il secoua la tête avec impatience, respira profondément à plusieurs reprises.

« La forme revient, déclara-t-il avec un sourire.

— Hum! Hum! fit Bess, mal convaincue. En tout cas, finie l'enquête pour ce soir! Ces bois sont trop dangereux, surtout par cette obscurité. »

Les autres en convinrent. Ils décidèrent de revenir en plein jour, car il n'était pas question de renoncer à leur entreprise.

« J'aimerais dire deux mots à l'individu qui m'a envoyé au tapis, dit Daniel d'une voix menaçante.

— Et moi, je me ferais un plaisir de lui boxer le nez à ta place », proposa Ned dont les yeux lançaient des éclairs.

Ce fut une lente procession qui redescendit de

la montagne. Aussitôt parvenu au chalet, Daniel se coucha. Après l'avoir examiné avec attention, Mlle Roy et Matt renoncèrent à appeler un médecin. Une bonne nuit suffirait à le remettre d'aplomb.

Personne d'autre n'ayant sommeil, une veillée fut improvisée au salon. A voix basse pour ne pas troubler le sommeil de Daniel, on parla du mystère du carrosse russe.

« Montre-nous cette carte dont tu m'as parlé », dit Ned à Alice.

Elle courut la chercher dans sa chambre et la posa sur la table. Matt et les garçons admirèrent sur la page de couverture le dessin dans lequel le nom de Maud Jayson s'insérait avec habileté. Alice ouvrit la carte et lut à haute voix :

Tendre souvenir à toi,
A l'adorable petite fille aussi,
Riant dans son carrosse d'or
Qui gît maintenant près
Du Miroir d'argent.

N Ɔ E
5 R

« Le R était l'initiale de Robert », expliqua-t-elle. C'était tout ce que Mlle Armitage avait pu leur apprendre. L'énigme des lettres N Ɔ E et du chiffre 5 restait entière.

« Qui a une hypothèse à avancer? » demanda-t-elle.

Personne ne répondant, elle reprit :

« Je suis sûre que le mot Miroir est une allusion au lac Otsego et sans doute à cette baie aussi étincelante qu'un miroir.

— Cela paraît évident », fit Marion.

Après avoir longuement étudié la carte de la Saint-Valentin, Ned avança une seconde hypothèse.

« Le N et le E ne désigneraient-ils pas le nord-est? »

Alice applaudit, tout heureuse de cette déduction.

« Fort bien, dit Bob, mais que vient faire ce 5 sous le C renversé? »

Après avoir tourné et retourné la question dans sa tête, Alice répondit :

« Le 5 pourrait indiquer que le carrosse a été immergé près de la pointe Clark — C pour Clark

— petit promontoire situé à environ cinq milles de Cooperstown. »

Mlle Roy prit la parole :

« On raconte une histoire au sujet de cette pointe. Elle appartenait à un homme qui partit pour un long voyage. En son absence, les habitants de Cooperstown prirent l'habitude de piqueniquer et de se baigner sur ses plages. Ils espéraient qu'à son retour, le propriétaire les autoriserait à continuer. Il n'en fut rien. Le lendemain même de son arrivée, il chassa tout le monde et menaça de faire arrêter ceux qui reviendraient.

— Quel homme mesquin! » explosa Marion.

Alice prit une carte de la région et tira un trait à partir du promontoire en direction du nord-est. La ligne aboutissait sur l'autre rive de la baie, en face du chalet.

« C'est à l'est du parc du Miroir, fit observer Bob.

— Allons-y de bonne heure demain », proposa Marion.

La proposition fut acceptée à l'unanimité. Alice suggéra d'emporter des outils : pioches, marteaux et leviers.

Le lendemain, quand Daniel se réveilla, il se déclara en pleine forme et voulut à tout prix se joindre à l'expédition.

Ned brûlait d'envie d'essayer le *Baracuda*. Il pria Alice de s'embarquer avec lui.

« Nous traverserons le lac, puis nous reviendrons dans la baie. De là nous gagnerons l'emplacement où tu comptes effectuer les recherches.

— Avec plaisir, dit-elle en souriant, mais il

La vedette les évita de justesse. →

nous faudra mouiller assez loin du rivage. Tout au bord, l'eau est peu profonde. »

Marion, Bess, Bob et Daniel décidèrent de prendre la voiture de Ned. Pendant ce temps Mlle Roy et Matt iraient faire des courses au village.

Avec un sourire, le professeur déclara :

« Il se peut que nous nous attardions, si Cécile consent à promener un touriste. »

Alice, Marion et Bess étaient ravies de voir se nouer une amitié entre Mlle Roy et l'oncle de Bob.

« Si nous ne sommes pas rentrés à l'heure du déjeuner, dit Alice, nous pique-niquerons sur une plage. Tante Cécile, aurais-tu la gentillesse de passer chez Mlle Armitage pour lui remettre la carte de la Saint-Valentin? Je préfère qu'elle la garde.

— Avec plaisir, répondit Mlle Roy. Elle m'est très sympathique et ce sera pour moi une occasion de la revoir. »

Les jeunes revêtirent des costumes de bain et emportèrent leur matériel de plongée. Tandis que leurs amis montaient en voiture, Alice et Ned embarquaient sur le *Baracuda.*

Ned hissa la voile de nylon. Alice prit la barre. La matinée était splendide. L'eau était calme; il y avait à peine assez de brise pour avancer. En louvoyant habilement, ils parvinrent cependant à atteindre le milieu du lac.

Seuls de rares bateaux étaient sortis. Une vedette arriva sur eux à toute vitesse, venant de Cooperstown. Le pilote semblait mettre le cap sur le voilier. Ne l'aurait-il pas vu? Ou bien essayait-il délibérément de l'éperonner?

Ned et Alice manœuvrèrent pour s'écarter. La vedette vira dans leur direction.

« Il est fou! s'écria Ned. Prépare-toi à plonger, Alice. »

La vedette, occupée par une seule personne, fonça sur eux, les évita de justesse, soulevant de grandes vagues qui firent rouler violemment le voilier. Puis elle vira de nouveau, revint sur le *Baracuda*, passa contre l'autre flanc à une allure si rapide que les vagues s'entrechoquèrent.

Alice et Ned manœuvrait de leur mieux pour empêcher le bateau de chavirer. La jeune fille déchiffra au passage le nom de la vedette.

La Sorcière du Lac.

Etait-ce un complice de la jeune fille qui avait essayé de heurter Bess avec cette même embarcation?

« Criminel! » hurla Ned.

Le pilote tourna encore une fois autour du voilier. Cette fois, les lames furent si fortes qu'il chavira, projetant Alice et Ned à l'eau. Aussitôt, le hors-bord s'éloigna en direction de Cooperstown.

En quelques brasses les deux jeunes gens rejoignirent le *Baracuda* auquel ils s'agrippèrent.

« Quel monstre! » dit Alice, au comble de la fureur.

Ils s'efforcèrent de redresser le bateau. Sans succès!

Alice gagna à la nage l'extrémité du mât et s'efforça de le soulever pendant que Ned tirait sur l'autre bord. Ce fut peine perdue.

« Je vais amener la voile », dit-il.

Par chance, leurs amis avaient vu l'accident de

loin. Ils avaient également aperçu un petit hors-bord qui, venant de la pointe du lac, entrait dans la baie. C'était Yo.

« Prenez-nous à bord! lui cria Marion quand il fut assez près.

— Deux. Pas davantage », répondit-il.

A ce moment, il aperçut le voilier retourné.

« Qui avait embarqué? » demanda-t-il.

Apprenant qu'il s'agissait de Ned et d'Alice, il aida Marion et Bob à monter et remit les gaz. Quelques minutes plus tard, le *Baracuda* était redressé, la voile hissée.

« Elle séchera vite », dit Alice.

Bob et Ned écopèrent l'eau de la cale.

« Qu'est-ce qui vous a fait chavirer? fit Yo. Par un temps aussi calme il faudrait être de vrais néophytes pour se renverser. »

Alice lui raconta l'incident.

« A ce propos, ajouta-t-elle, avez-vous découvert à qui appartient la *Sorcière du Lac*?

— Oui. Elle a été louée à un couple, M. et Mme Welch. Désolé, j'ai oublié le prénom de l'homme.

— Ne serait-ce pas Samuel ou Michael, par hasard? » dit Alice.

Le visage du jeune homme s'éclaira :

« Comment le savez-vous? Oui, c'est Michael. »

Alice était aux anges. Le renseignement était précieux. Un des hommes dont elle avait surpris la conversation s'appelait Mick, abréviation de Michael. Enfin, elle avait une indication sur l'identité des ennemis qui ne cessaient de les harceler.

« Je chercherai à en savoir davantage en questionnant les loueurs de bateaux la prochaine fois que nous irons à Cooperstown », décida-t-elle.

Alice et Ned cinglèrent sur la pointe où les attendaient Bess et Daniel, tandis que Yo y ramenait Bob et Marion. Cela fait, il les quitta.

Sur la plage réservée au public, de nombreuses personnes se prélassaient au soleil ou déjeunaient autour de petites tables de camping. Alice s'imaginait qu'ils étaient assez loin pour ne pas être remarqués. Elle se trompait. Bientôt, des curieux vinrent les assiéger de questions, qui à la nage, qui à bord d'embarcations légères.

Un gamin effronté ricana :

« Et alors, que cherchez-vous? Un trésor enfoui dans la vase? »

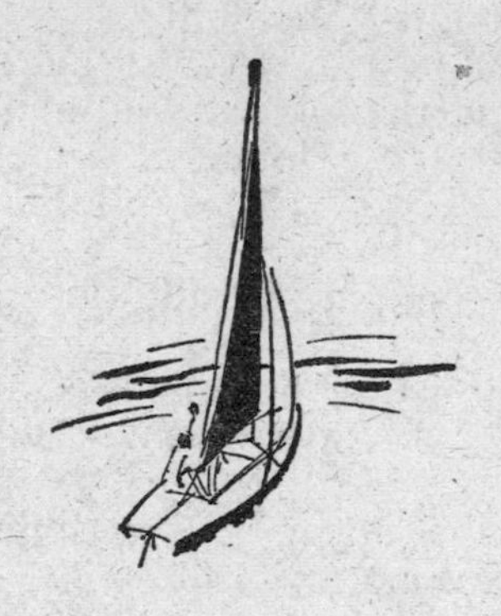

CHAPITRE XV

AU VOLEUR!

INDIFFÉRENTS aux commentaires ironiques des curieux accourus de toutes parts, Alice et ses amis poursuivirent leurs recherches. Les garçons travaillaient avec le matériel qu'ils avaient apporté. Bientôt l'eau se troubla, les empêchant de voir le fond.

Plongeurs et plongeuses se rassemblèrent à la surface de l'eau et nagèrent vers le nord. Après s'être concertés, ils parvinrent à la conclusion que, si le carrosse était enfoui dans la vase, seul le détecteur permettrait de le situer. Malheureusement, ils ne l'avaient pas avec eux.

« Il ne faudra pas l'oublier la prochaine fois que nous viendrons, dit Alice.

— Suis-je la seule à mourir de faim? demanda Bess.

— Non, répondit Marion. Rentrons. Qui veut faire la course à la nage avec moi jusqu'au chalet?

— Ne compte pas sur moi, fit Bess. J'ai pris assez d'exercice ce matin.

— Moi aussi », ajouta Daniel en glissant un bras sous celui de la jeune fille.

Ils proposèrent de ramener la voiture. Alice et Ned remontèrent à bord du *Baracuda.*

Bob esquissa un sourire et accepta le défi de Marion. Pour arbitrer les concurrents et leur porter éventuellement secours, Alice et Ned maintinrent le voilier à faible allure. Marion prit la tête, puis fut distancée par Bob.

« Marion est une nageuse extraordinaire, dit Ned avec admiration. Elle pourrait entrer dans une équipe masculine si elle le voulait.

— Qui va gagner selon toi? demanda Alice. Je parie pour Marion. »

Ned poussa un soupir.

« Je ne peux pas abandonner un concurrent de mon sexe, je parie donc pour Bob. »

Alice sourit, amusée.

« Tu ne parais guère convaincu. »

A l'approche du rivage les deux nageurs étaient à même hauteur. Ils touchèrent le ponton à la même fraction de seconde. Riant aux éclats, ils sortirent de l'eau et se dirigèrent vers le chalet.

Ned se tourna vers Alice.

« Nous avons tous les deux perdu et gagné notre pari », dit-il.

Par jeu, ils échangèrent une solennelle poignée de main.

Bess et Daniel étaient déjà arrivés depuis une dizaine de minutes. Ils avaient commencé à préparer le déjeuner.

« Quelle odeur appétissante! fit Bob en faisant claquer sa langue.

— Il y a une soupe d'escargots et de sauterelles grillées, répondit malicieusement Bess. Cela te convient-il? »

Bob fit la grimace, à la grande joie de la cuisinière improvisée.

« Non, rassure-toi, dit-elle. Voici le menu : soupe à la tomate, canapés au jambon et au fromage, melon. Monsieur est-il satisfait

— On ne saurait l'être davantage, répondit-il sur le même ton moqueur.

— Ne te jette pas sur les plats, laisse-m'en quelques bouchées, s'il te plaît », plaisanta Marion.

Sitôt changés, Ned et Alice passèrent sur la terrasse où Mlle Roy et le professeur conversaient amicalement. Mlle Roy annonça qu'elle avait un message à leur communiquer.

« Un membre du Yacht Club est venu ici peu après votre départ, dit-elle. Il vous invite tous les deux à participer à une régate cet après-midi.

— Magnifique! s'écria Alice.

— Il est inutile de lui confirmer, poursuivit Mlle Roy. Il suffira que vous soyez au Club à deux heures trente. La régate commencera à trois heures.

— Quelle chance! dit Alice. Tu acceptes, Ned?

— En voilà une question! Cela va de soi. Mais auparavant, il faut que nous fassions la toilette du *Baracuda*. Il a piteuse mine depuis son bain forcé. »

Ils allèrent sur-le-champ examiner le voilier.

« Si seulement nous avions un peu de peinture à séchage ultra-rapide, je lui en donnerais volontiers une couche », dit Ned.

Après avoir fouillé la cabine dans les moindres recoins, ils découvrirent un pot de peinture blanche à peine entamé. Ensemble, ils tirèrent le *Baracuda* au sec. Pendant qu'Alice enlevait les taches qui maculaient la voile, Ned maniait le pinceau avec ardeur. En peu de temps, le voilier prit un air pimpant; on aurait dit qu'il sortait du chantier. Marion et Bob, accourus à leur aide, lavèrent le pont et la cabine, firent briller les cuivres.

« Hou! Hou! appela Bess de la terrasse. Le déjeuner est prêt. Venez vite! »

Ils étaient tous affamés et firent honneur au repas préparé par Bess. Puis Alice et Ned allèrent revêtir des chemises et des shorts blancs.

« Bonne chance! leur souhaita le professeur quand ils descendirent de la terrasse. Nous irons en voiture au Yacht Club d'où nous assisterons à la régate. »

Bob, Bess, et Marion tinrent à remettre à flot le *Baracuda* sur lequel Alice et Ned embarquèrent aussitôt.

« Attendez une minute! s'écria tout à coup Mlle Roy. J'ai oublié de vous remettre la feuille d'inscription qui vous permettra de participer à la course.

— Je vais la chercher, proposa Bess. Où l'avez-vous rangée?

— Dans ma chambre, sur le bureau, près de mon agenda. »

Bess s'éloigna. Alice la rappela :

« Sois un amour, apporte-moi aussi mes lunettes de soleil. Elles sont dans mon sac à main. »

Bess courut au chalet et disparut à l'intérieur. Son absence se prolongea quelques minutes. Ses amies commençaient à s'impatienter.

« Cette feuille d'inscription n'était pourtant pas difficile à trouver », s'étonna Mlle Roy.

Elle achevait à peine ces mots que Bess apparaissait sur le seuil de la salle de séjour. De sa voix la plus aiguë, elle cria :

« Venez vite! On nous a volés! »

Ils se regardèrent avec stupeur. Alice et Ned sautèrent du bateau et suivirent Mlle Roy, le professeur et leurs amis qui couraient vers la terrasse.

« Votre sac à main a disparu, tante Cécile, dit Bess. Celui d'Alice aussi!

— Ce n'est pas possible! » s'exclamèrent-ils tous en chœur.

En quelques bonds, Marion fut dans sa chambre. Rien ne semblait avoir été dérangé. Mais en ouvrant le tiroir du secrétaire, elle constata la disparition de son porte-monnaie et de celui de sa cousine.

« Les misérables! » gronda-t-elle.

Un examen plus approfondi lui apprit que les voleurs s'étaient emparés de diverses lettres et autres papiers.

Daniel se chargea d'inspecter la chambre des garçons.

« On a fouillé la valise de l'oncle Matt », annonça-t-il.

Une chose paraissait certaine, conclurent-ils après une brève discussion : ce n'était pas seulement de l'argent que cherchaient le ou les intrus. Mais quoi alors?

« Le, ou les voleurs — je pense qu'ils étaient plusieurs — devaient nous surveiller depuis un bon moment, dit Alice. Sans doute avaient-ils déjà visité à notre insu le chalet. Sinon comment auraient-ils pu opérer en un aussi court laps de temps? »

Daniel courut jusqu'à la route, regarda dans les deux directions sans voir personne ni aucune voiture autre que celles d'Alice et de Ned.

« On ne les a pas volées; c'est déjà quelque chose », se dit-il.

Alice consulta son bracelet-montre.

« Seigneur! s'écria-t-elle. Ned, si nous ne partons pas tout de suite, nous manquerons la régate! »

Ils se précipitèrent sur la terrasse et restèrent cloués sur place : *leur voilier avait disparu!*

Mlle Roy, le professeur, Bess, Marion, Bob et Daniel les avaient suivis. Hélas! Ce n'était plus pour leur souhaiter la victoire. Immobiles, ils regardaient avec consternation l'embarcadère près duquel aucun bateau ne se balançait plus.

Marion retrouva la parole la première.

« Quel tour infâme! Je parie que nous le devons à la personne ou aux personnes qui se sont introduites chez nous. »

Ses amis acquiescèrent. Alice n'avait pas prononcé un mot. Non seulement elle était déçue, mais encore très inquiète. Sa tante avait dans son sac des objets personnels dont la perte lui causerait un grave préjudice. Un inconnu pourrait se servir facilement de son carnet de chèques et de son permis de conduire.

La disparition de son propre permis de conduire inquiétait Alice. Le voleur pouvait bien être la jeune fille qui lui ressemblait.

Le professeur offrit d'aller porter plainte auprès du commissaire. Il ne fit aucune allusion à ce qui lui avait été dérobé. Muni de la liste des articles volés, il partit.

Alice réfléchissait.

« Si seulement Yo pouvait venir maintenant, il nous aiderait. Mais je suppose qu'il assiste aux régates. »

Comme en réponse à son souhait, dix minutes plus tard, Yo pilotant son hors-bord accostait au ponton de la Baie du Miroir.

« Eh bien, que se passe-t-il? On m'avait annoncé que vous participeriez à la compétition. Je vous ai attendus en vain! »

En quelques mots, on lui expliqua la situation.

« Volé! cria-t-il. Vite, rattrapons ce maudit voleur! Embarquez! »

Alice et Ned montèrent à bord et la recherche commença. Ils n'avaient pas la moindre idée de la direction à prendre.

« Yo, dit Alice, si vous vouliez cacher un voilier où iriez-vous?

— A l'embouchure du Chadow, un petit ruisseau qui se déverse dans le lac, répondit-il instantanément.

— Alors, mettons le cap dessus », dit-elle.

Yo ne s'était pas trompé. Le *Baracuda* s'y trouvait à demi échoué. La voile était déchirée, la coque couverte de vase.

« Il y a des gens qui ont un curieux sens de la plaisanterie, grommela Yo. Je ne sais pas si nous réussirons à le remettre à flot.

— Essayons toujours », dit Alice.

Ils pataugèrent dans l'eau boueuse et, unissant leurs forces, parvinrent à redresser le *Baracuda*. Hélas! une épaisse couche de limon l'empêchait de flotter. Se servant de leurs mains en guise de pelles, ils en enlevèrent la plus grande partie.

« Je vais vous remorquer », dit Yo.

Il fixa une corde entre l'avant du voilier et l'arrière de son hors-bord. Alice monta à côté de lui tandis que Ned, armé d'une gaffe, empêchait le *Baracuda* de venir heurter le moteur.

Non sans peine, ils arrivèrent au ponton du chalet où les attendaient leurs amis. Après avoir entendu le récit de ce sauvetage, tous félicitèrent Yo.

« Ce n'est rien, ce n'est rien, répétait-il, embarrassé. Je suis navré que vous ayez manqué la régate. »

Quand il eut reprit le large, Alice et Ned se plongèrent dans l'eau pour se remettre de leurs émotions. Ils nageaient encore quand Mlle Armitage arriva. Alice et Ned abrégèrent leur bain, se hissèrent à terre et s'enveloppèrent de leurs serviettes.

« Ned, Alice, cria Bess du haut de la terrasse. Venez entendre cc que raconte Mlle Armitage! »

CHAPITRE XVI

UN TÉMOIN PRÉCIEUX

« C'EST arrivé aujourd'hui », annonça Bess.

Alice et Ned écoutèrent attentivement le récit que leur fit la Dame du Lac dont l'agitation était extrême.

« Ce fut terrible — terrible! Je revenais de la ville où j'étais allée faire des courses. Après avoir tourné la clef dans la serrure, j'ai poussé la porte et j'ai cru percevoir un bruit léger dans ma chambre à coucher. »

La malheureuse ferma les yeux comme si le souvenir lui en était trop pénible.

« Etes-vous entrée? demanda Alice.

— Oui. Ce fut atroce. Un homme fouillait dans les tiroirs de ma commode. C'était bien la créature la plus laide que l'on puisse imaginer. Je ne saurais vous décrire son visage. Il était monstrueux; on aurait dit un animal.

— Sans doute portait-il un masque de caoutchouc, avança Alice.

— C'est possible... en tout cas, à ma vive indignation, il tenait d'une main la carte de la Saint-Valentin, de l'autre les fragments de la lettre où il était question du carrosse de l'enfant.

— Et ensuite? dit Alice.

— L'homme s'est tourné vers moi. Il m'a dévisagée. Je lui ai ordonné de reposer ce qu'il avait pris et de déguerpir au plus vite! Il m'a fixée avec des yeux où brillait un éclat meurtrier. Prise d'une brusque inspiration, je lui ai lancé mes paquets à la tête.

— Bravo! approuva Marion.

— Profitant de sa surprise, je lui ai arraché la carte et l'ai glissée sous mon oreiller sans qu'il s'en aperçoive. Puis j'ai voulu lui prendre la lettre, mais il avait recouvré ses esprits et il m'a frappée si fort que je me suis évanouie.

— Pauvre mademoiselle! dit Alice. Pendant que vous étiez inconsciente, vous a-t-il dérobé autre chose? »

Mlle Armitage secoua la tête.

« Non. J'avais peu d'argent sur moi. Mon porte-monnaie était dans ma poche, mon carnet de chèques et une somme assez importante dans mon coffre-fort. J'ai eu l'impression, d'ailleurs, que cet homme n'était pas un voleur professionnel; ou plus exactement qu'il était venu dans le seul but de s'emparer de la carte et de la lettre.

— Il serait donc au courant du secret de la Baie du Miroir, fit observer Alice. Je me demande si ce n'est pas lui qui s'est introduit ici. »

Cette éventualité fit l'objet d'une longue discussion. Mlle Roy apprit à la Dame du Lac que ses invités soupçonnaient le sosie d'Alice de faire partie d'une organisation de malfaiteurs.

« Nous supposons qu'elle travaille avec deux complices qui se terrent sur ce versant de la montagne. »

Ned voulut savoir si Mlle Armitage avait alerté la police.

« C'est la première chose que j'ai faite, répondit l'institutrice. Des inspecteurs sont aussitôt venus. Je n'ai pas voulu parler de la carte ni de la lettre volées, parce que je préférerais garder le secret le plus longtemps possible. Je me suis bornée à décrire mon agresseur. Ils pensent comme vous, Alice, qu'il portait un masque. »

Mlle Roy pria l'institutrice de dîner avec eux. Elle déclina l'invitation.

« J'attends des amis ce soir, dit-elle avec un sourire teinté d'ironie. J'aurai un sujet de conversation tout trouvé! »

Après avoir conseillé à ses nouveaux amis de se tenir sur leurs gardes, elle regagna sa voiture.

Quand elle se fut éloignée, Alice formula ses impressions.

« Pauvre Mlle Armitage, je crains fort que son secret n'en soit plus un! D'autres que nous semblent le connaître.

— C'est vraisemblable! » approuva Mlle Roy.

Ils dînèrent de bonne heure. Daniel annonça

ensuite son intention de faire la toilette du *Baracuda.*

« Je n'ai pas été d'une grande aide depuis que ce misérable m'a assommé dans les bois, dit-il. A mon tour de travailler. »

Bess se joignit à lui. Ils mettaient les pieds sur le ponton quand Yo apparut dans son petit hors-bord.

« Salut! » cria-t-il gaiement.

Soupçonnant à son ton que le jeune homme lui apportait des nouvelles, Alice descendit en vitesse les marches de la terrasse.

« J'ai appris d'autres détails concernant la *Sorcière du Lac* louée à M. et Mme Michael Welch. Ils l'ont rendue à son propriétaire.

— Comment! s'écria Alice. Et quoi encore?

— C'est tout. »

Cette réponse déçut Alice. Elle aurait tant voulu savoir si son sosie et cette Mme Welch étaient une seule et même personne et si son mari était le mystérieux homme vert des bois!

A haute voix, elle dit :

« Merci beaucoup du renseignement, Yo. Vous feriez un bon détective. Continuez. Alice Roy et Cie acceptent toutes les informations puisées à bonne source. »

Yo partit d'un grand éclat de rire. Entre-temps, Ned avait rejoint Yo. Le jeune citoyen de Cooperstown le toisa de haut en bas.

« Connaissez-vous l'histoire de la jeune promeneuse qui fut changée en fantôme? demanda-t-il.

— Racontez-la, je suis tout oreilles », fit Ned.

Alice surprit une lueur rieuse dans ses yeux.

Ned devait connaître la légende, se dit-elle, mais il désirait entendre la version de Yo.

« Eh bien, commença-t-il, dans les environs d'ici, il y a plus de cent ans...

— Ce qui veut dire que personne ne pourra prouver ou démentir les faits, coupa Alice, ironique.

— L'histoire est vraie, protesta Yo. Un jeune homme roulait en charrette anglaise sur une route solitaire. Surpris par une pluie diluvienne, il releva la capote et ferma le tablier de caoutchouc. En passant devant le cimetière, il vit une jeune fille vêtue de blanc, debout sur le bas-côté. Elle lui fit signe de s'arrêter. Il s'empressa d'obéir et ouvrit le tablier pour la laisser monter.

« Elle lui donna une adresse en ville en le priant de l'y conduire. Pourquoi était-elle vêtue d'une robe du soir aussi légère? se demanda-t-il. Puis il pensa qu'elle revenait peut-être d'un bal.

« Elle ne prononça pas une seule parole durant le trajet et il ne lui posa pas de question. Parvenu à l'adresse indiquée, il tira sur les rênes, aida la jeune fille à descendre de voiture et à monter les marches du perron. Il sonna.

« Une femme ouvrit la porte; il voulut dire adieu à la jeune fille. Quelle ne fut pas sa surprise de ne plus la voir. Elle s'était évaporée!

— Quelle étrange histoire! » dit Alice.

Ned avait les plus grandes peines du monde à garder son sérieux.

« En effet, dit-il. Abasourdi, le jeune homme resta muet un long moment. Enfin, il réussit à dire à la femme : « En passant près du cime-
« tière, j'ai fait monter dans ma voiture une
« jeune fille qui voulait se rendre ici, mais elle

« a disparu! » Il se sentait tout bête. Loin de s'étonner la femme sourit avec compréhension : « C'était le fantôme de ma fille, morte il y a « quatre ans; depuis, par les nuits pluvieuses, « elle revient jusqu'à notre porte. »

Yo écarquillait les yeux.

« Oh! Par exemple! dit-il, suffoqué. Vous les connaissez donc toutes! Moi qui croyais marquer un point cette fois! Où avez-vous appris la fin de l'histoire? »

Ned lui parla de ses études sur les légendes populaires.

« Celle-ci est une de mes préférées. Si cela vous intéresse, Yo, sachez qu'on la retrouve sous une forme ou sous une autre dans presque tous les pays du monde. »

Yo se mit à gratter son épaisse chevelure.

« Il faut que je m'en aille. Un autre jour, je vous raconterai des histoires à vous donner la chair de poule. »

Alice et Ned lui dirent au revoir, puis regardèrent un moment travailler Bess et Daniel. Enlever la vase du voilier n'était pas une besogne facile, mais les deux jeunes gens annoncèrent qu'ils continueraient jusqu'à la tombée de la nuit.

Au chalet, Bob attendait Alice et Ned.

« Le musée du base-ball de Cooperstown est ouvert jusqu'à 9 heures du soir, annonça-t-il. Allons y faire un tour. »

Bess et Daniel refusèrent d'abandonner leur tâche, Mlle Roy avait déjà vu l'exposition l'été précédent. Alice, Matt, Bob et Marion s'installèrent dans la voiture, Ned s'assit au volant. Le trajet se déroula sans incident. Arrivés à Cooperstown, ils descendirent dans la rue principale, traversèrent la chaussée pour entrer dans le musée.

Après avoir passé en revue les bustes des grands joueurs, Bess déclara :

« J'ignorais que ce sport comptait un si grand nombre de célébrités. »

Non seulement elle l'ignorait, mais encore cela ne l'intéressait pas du tout. Ce qu'elle se garda de dire, ne voulant pas chagriner les jeunes étudiants, passionnés de base-ball.

La visite terminée, il était près de neuf heures. Au sortir du musée, ils s'apprêtaient à regagner leur voiture quand Alice vit un car arrêté contre le trottoir. Le conducteur était éclairé par un lampadaire.

« C'est l'homme qui conduisait le car que tante Cécile a pris. Il se peut qu'il ait vu mon sosie. Je vais lui parler! »

Elle partit en courant.

CHAPITRE XVII

PRISONNIÈRE

AVANT qu'Alice ait pu arriver près du car, le chauffeur avait sauté dans la cabine et démarré. Elle accéléra l'allure, dans le vain espoir de le rattraper. Par chance, il fut obligé de s'arrêter à un feu rouge.

Il parut très surpris d'entendre frapper à la vitre. De mauvais gré, il ouvrit la portière et laissa monter la jeune fille.

« Je ne vais pas à New York, mais seulement chercher des gens à la sortie d'une conférence. »

Le feu changea, le car repartit.

« Ainsi la police ne vous a pas encore prise! grommela le chauffeur. Vous savez... »

Il marqua une hésitation avant de poursuivre.

« Je devrais vous livrer au commissaire! »

Alice resta un instant éberluée, puis comprenant qu'il la prenait, lui aussi, pour son sosie, elle dit vivement.

« Je ne suis pas la personne que vous croyez. Cependant, vous semblez bien connaître celle qui me ressemble au point que tout le monde la confonde avec moi. Bien des gens seraient contents de la retrouver. Elle s'est rendue coupable de plusieurs méfaits, en plus de l'escroquerie commise à l'encontre des malheureux touristes. »

Le chauffeur tourna la tête pour mieux examiner Alice.

« Excusez mon erreur, dit-il. Qu'a-t-elle fait encore d'autre? »

Alice lui raconta l'incident dont Bess avait failli être victime; elle lui dit également qu'on soupçonnait l'inconnue d'être l'auteur des vols exécutés au chalet et à la bijouterie.

Le nom du chauffeur était inscrit sur une carte au-dessus du tableau de bord.

« Monsieur Butterfield, sauriez-vous, par hasard, son nom?

— Oui. Elle s'appelle Doria Sample. C'est du moins ce qu'elle m'a dit la première fois qu'elle a fait le trajet New York-Cooperstown. Elle a accompli plusieurs voyages dans mon car, mais il y a un certain temps que je ne l'ai vue. »

Alice lui demanda s'il n'aurait pas d'autres renseignements susceptibles de l'aider à mettre la main sur cette Doris.

Le chauffeur réfléchit avant de répondre :

« Elle m'a précisé que Sample était son nom de jeune fille. Je lui ai fait remarquer qu'elle portait une alliance. Elle a reconnu être mariée. Attendez... Elle m'a dit le nom de son mari, mais impossible de me le rappeler.

— Ne serait-ce pas Michael Welch? »

Le chauffeur secoua négativement la tête.

« Ou, Sam quelque chose...

— J'y suis... Sam Hornsby! »

Alice adressa à M. Butterfield un large sourire.

« Merci. Vous m'avez été d'une aide précieuse. Je suppose que Doria ne vous a pas longuement parlé de son mari? »

Le chauffeur se mit à rire.

« Oh! J'imagine que cette jeune femme aime la plaisanterie. Elle m'a raconté que c'était un homme vert. J'ai voulu savoir ce qu'elle entendait par là. Elle a gloussé et m'a répondu : « Avez-vous déjà rencontré des sorciers? »

Butterfield ajouta qu'elle était gentille et drôle.

« J'ai peine à croire ce qu'on raconte sur elle, murmura-t-il, attristé.

— Savez-vous où est ce Sam Hornsby?

— Je n'en ai pas la moindre idée. »

Le chauffeur promit d'avertir Alice s'il apprenait d'autres détails intéressants. Tout heureuse des renseignements recueillis, elle le remercia vivement.

« Je voudrais descendre », dit-elle.

Ils avaient roulé un bon moment. Cooperstown se trouvait assez loin derrière eux. Inquiet, Butterfield demanda :

« Comment allez-vous regagner la ville?

— Mes amis ont eu la bonne idée de nous

suivre, dit-elle. J'ai aperçu leur voiture dans le rétroviseur. Arrêtez-moi s'il vous plaît au prochain croisement. »

Le chauffeur lui souhaita bonne chance.

« J'espère que vous retrouverez les traces de Doria Sample-Hornsby », dit-il en lui ouvrant la portière.

Alice sauta à terre et regarda le car s'éloigner. Quand elle monta dans la voiture de Ned, il eut un sourire amusé.

« Rien qu'à ton expression, je devine que tu n'as pas perdu ton temps. Raconte-nous vite ce que tu as appris. »

Alice ne se fit pas prier. Elle conclut son récit en disant :

« J'aimerais faire un tour sur la montagne pour donner la chasse à l'homme vert.

— Sam, Sam, ô toi l'homme vert,

Fuis, fuis loin d'Alice, si tu le peux! »

se mit à chantonner Marion à la grande joie des autres.

« Et que Doria prenne garde à elle! » ajouta Bob.

Ned manœuvra pour repartir en direction de Cooperstown. Matt jeta un coup d'œil à sa montre.

« Déjà dix heures annonça-t-il. Ne croyez-vous pas que le silence et la paix règnent dans les bois? »

Alice ne partageait pas cette opinion.

« Chaque fois que nous y sommes allés, il s'est passé quelque chose », dit-elle.

Une pensée lui traversa l'esprit : le professeur était peut-être fatigué, et il avait recours à cet argument pour les inciter à rentrer au chalet au

lieu d'escalader la montagne. Ils s'engageaient sur la route du lac quand leurs phares éclairèrent la silhouette d'une jeune femme. Elle gravissait la pente semée d'arbres.

« C'est Doria! s'écria Alice. Vite, attrapons-la. »

Ned freina brutalement. Ils bondirent hors de la voiture, torches à la main. Ned prit la précaution de fermer à clef les portières tandis que les autres s'élançaient à la poursuite de la suspecte.

« Nous sommes très loin de l'endroit où l'homme vert nous est apparu », fit observer Marion.

Alice pressentait que la jeune femme prenait le chemin le plus court pour gagner le refuge de son mari.

« Serait-ce l'appentis où j'ai ramassé les barrettes à cheveux? se demandait-elle. Non. Elle se dirige vers la grotte de Natty Bumppo. Elle a peut-être l'intention de s'y cacher. Je parie qu'elle nous a entendus et reconnus. »

Arrivés près de la grotte, ils promenèrent le faisceau d'une torche électrique à l'intérieur. Personne ne s'y dissimulait. Déçus, ils repartirent à travers bois. Çà et là, ils apercevaient une empreinte de chaussure toute fraîche.

« Elle file comme le vent, grommela Bob. Nous ferions bien d'accélérer, si nous voulons la rattraper. »

Sans plus parler, pour économiser leur souffle, ils coururent entre les arbres. Alice allait en tête, traçant de grands cercles avec sa torche.

« Je la vois! Je la vois! » s'écria-t-elle, au comble de l'agitation.

Les poursuivants forcèrent l'allure. Moins d'une minute plus tard, ils encerclaient Doria Sample-Hornsby.

« Qu'est-ce que cela signifie? demanda-t-elle avec un air de défi. Décampez! Tous autant que vous êtes! »

Alice et ses amis se rapprochèrent. Doria voulut s'échapper. Matt lui posa la main sur l'épaule. Elle se dégagea vivement.

« Ne me touchez pas! hurla-t-elle. Allez-vous-en! Laissez-moi tranquille! »

Et tout à coup, elle se mit à se battre comme une tigresse. Se servant de ses ongles comme de griffes, elle tenta de lacérer le visage de ses poursuivants.

« Hé là! doucement! » cria Bob en sentant les ongles de la furie s'enfoncer dans son bras.

Les yeux de Doria lançaient des éclairs. Dès que l'un ou l'autre s'approchait d'elle, elle lui décochait un coup de pied.

« Calmez-vous! ordonna Alice. Vous ne nous échapperez pas. Je suis lasse de m'entendre accuser d'escroqueries que je n'ai pas commises. Nous vous emmenons de ce pas au poste de police.

— Non, non et non, cria Doria hors d'elle. Ce n'est pas ma faute si je vous ressemble, Alice Roy. Cela ne veut pas dire que je sois coupable. Vous ne pouvez rien prouver contre moi. »

Sans laisser à Alice le temps de répondre, Marion intervint :

« Vraiment? railla-t-elle. Et les touristes que vous avez honteusement trompés? »

Doria soutint qu'elle n'avait pas vendu les billets pour cette excursion. Elle ignorait tout de l'affaire et avait été aussi surprise que les passagers du car en apprenant qu'il n'y avait ni hôtel réservé, ni trajet de retour payé.

« Qui a vendu les billets, alors? demanda Alice. Nous avions cru comprendre que vous agissiez en qualité d'intermédiaire.

— Je n'ai pas d'explication à vous fournir », répondit Doria.

Alice lui rappela qu'elle avait délibérément dirigé la *Sorcière du Lac* sur une de ses amies.

« Je ne l'avais pas vue, répondit Doria. Elle nageait sous l'eau. La responsabilité lui incombe entièrement.

— Votre mari, Sam Hornsby, est-il mêlé à vos entreprises criminelles? » demanda Ned.

A ces mots, la jeune femme s'effondra. Sans plus chercher à fuir, sans plus combattre ses assaillants, elle s'assit à terre, s'enfouit le visage dans les mains et se mit à pleurer.

Ils se regardèrent les uns les autres, décontenancés. Etaient-ce des larmes sincères ou essayait-elle de les attendrir dans l'espoir de n'être pas livrée à la police?

« Ne vous laissez pas impressionner par ces larmes », conseilla Matt en réponse à la question muette qu'ils se posaient.

Alice n'avait pas fini d'interroger Doria. Elle s'assit à côté d'elle.

« Je suis navrée de ce qui vous arrive, commença-t-elle. Il se peut que vous soyez innocente, je ne le nie pas. Mais j'aimerais avoir une ou deux précisions sur vos agissements. Votre mari est-il l'homme vert? Je veux dire, se sert-il d'un déguisement pour effrayer les gens et les empêcher de venir ici? Si oui, pourquoi le fait-il? Répondez, je vous en conjure, votre situation n'en sera qu'éclaircie. »

Doria ne desserra pas les lèvres, ne leva pas les yeux.

Le silence s'appesantit sur le groupe. Ce fut Matt qui le rompit :

« Je crois savoir pourquoi Sam Hornsby joue les sorciers », dit-il.

Tous les regards se tournèrent vers lui, dans l'attente de ce qu'il allait révéler.

CHAPITRE XVIII

UNE CAGE LUMINEUSE

« VOICI quelques mois, commença Matt, j'ai participé à un colloque ayant pour thème la lumière froide. Un dîner clôturait la journée d'études. Un de mes collègues, Martin Larramore, traça les grandes lignes d'une de ses découvertes. Il était en train d'élaborer une substance reproduisant le phénomène des lucioles et il espérait aboutir sous peu. Or, quelques jours après son exposé, ses notes furent volées. »

Les jeunes gens et Doria ne soufflaient mot. Le professeur poursuivit :

« Des enquêtes menées par des détectives nous apprirent que deux savants, indignes de ce titre, étaient vraisemblablement les coupables.

— Comment s'appelaient-ils? demanda Alice.

— Michael W. Brink et Samuel H. Jones.

« Les deux hommes, poursuivit le professeur, avaient disparu sans laisser de traces. On supposait qu'ils se terraient dans quelque repaire secret pour effectuer les dernières recherches et revendiquer ensuite la paternité de la formule. »

Matt se tourna vers Doria :

« J'ai le sentiment qu'ils sont dans ces bois, n'est-ce pas? »

La jeune femme ne répondit pas. Bien qu'elle n'eût fait aucune remarque, aucun geste pendant que le professeur parlait, elle l'avait écouté avec une attention soutenue. Ses yeux brillaient comme des charbons ardents, son regard exprimait la haine.

« Larramore, précisa le professeur, avait indiqué que pour terminer les travaux sur cette substance, il lui faudrait poursuivre ses études sur les lucioles.

— Ces chercheurs peu scrupuleux, intervint Marion, trouveraient donc réunis ici les conditions rêvées : lucioles en abondance et saison favorable. »

Alice approuva de la tête.

« Savez-vous ce que je pense? dit-elle. Welch et Hornsby doivent être les seconds noms de Michael et de Sam. »

Doria sursauta mais resta bouche close. Un instant plus tard, Marion s'aperçut qu'elle s'écartait peu à peu du groupe.

« Elle va s'échapper! » pensa la jeune fille, et elle se rapprocha d'elle.

La captive la regarda avec dépit. Impossible de déjouer la surveillance de ses gardiens!

Quand Matt eut achevé l'histoire des savants malhonnêtes, il s'adressa à Doria :

« Je vous donne le choix : ou vous nous conduisez à ces hommes ou nous vous emmenons directement au poste de police. »

Un long silence suivit. Tous guettaient l'expression de la jeune femme. Elle resta de marbre.

« Très bien! dit Matt. En route! »

Une fois de plus, la prisonnière plaida l'innocence. Personne ne prêta attention à ses paroles.

Bientôt ils arrivèrent à la route et se dirigèrent vers la voiture d'Alice. Une voiture de police passait. Ned lui fit signe de s'arrêter; le conducteur freina.

« Que se passe-t-il? » demanda l'inspecteur assis à côté de lui.

Il braqua sa lampe électrique sur le groupe. Doria se couvrit aussitôt le visage d'une main.

« Vous avez un ennui, mademoiselle? » s'enquit le conducteur.

Alice se présenta.

« Cette jeune femme, expliqua-t-elle, est recherchée à propos d'une escroquerie commise au détriment de touristes.

— Mes félicitations, fit l'inspecteur. Nous ne parvenions pas à mettre la main sur elle.

— Nous avions des raisons de croire qu'elle se cachait là-haut, dans les bois », répondit Alice.

Les inspecteurs déclarèrent que le signalement de la jeune femme avait été communiqué à toutes les patrouilles avec l'ordre de l'arrêter.

« Comment vous appelez-vous? » demanda l'inspecteur à la prisonnière.

Comme elle refusait encore de répondre, Alice le fit à sa place.

A dessein, elle ne fit pas allusion aux soupçons que nourrissait Matt contre les deux chercheurs. La jeune détective et ses amis n'avaient aucune preuve concrète à fournir à ce sujet.

Dès que la voiture de police se fut éloignée avec la prisonnière, Alice proposa à ses compagnons de partir à la recherche de Welch et de Hornsby. L'heure était propice. La proposition fut approuvée à l'unanimité. Ils reprirent le chemin des bois.

Arrivés à l'endroit où ils avaient capturé Doria, ils cherchèrent des empreintes de souliers, des traces d'herbes foulées. Après avoir longuement scruté le sol, ils repérèrent une piste imprécise.

« Faisons le moins de bruit possible, recommanda Alice. Il ne faut pas que les suspects nous entendent. »

Marion eut un sourire.

« Ni que Sam revête un de ses costumes aussi fantasques que terrifiants », ajouta-t-elle.

Ils avancèrent en silence. Alice, Ned et Matt allaient en avant. Bientôt, ils parvinrent à l'arbre dont la jeune détective avait arraché un morceau d'écorce.

Un murmure de voix les figea.

« Je suis inquiet, disait un homme. Doria devrait être de retour. Je crains qu'il ne lui soit arrivé un ennui.

— Tu te tourmentes beaucoup trop. D'abord à cause de Doria, ensuite de la police, puis des

Leurs visages étaient inconnus des jeunes gens. →

habitants du chalet... Calme-toi, je t'en conjure. Tu es une véritable mauviette!

— C'est facile à dire, répliqua l'homme dont Alice reconnaissait la voix comme étant celle de Sam. Tu oublies que Doria est ma femme. Je vais à sa rencontre.

— Fais comme tu veux, répondit Michael. Seulement qui te dit que tu la trouveras? Souviens-toi qu'elle a parlé d'un voyage à New York. »

Sam ne répondit pas à cette remarque.

« Ecoute, Mick, si quelqu'un vient espionner par ici, revêts le costume vert ou celui de fantôme. »

Très excités, les jeunes gens et Matt avaient compris que les voix venaient d'en dessous. Alice fit signe à ses amis de reculer, leur indiquant du doigt l'endroit où se cacher. Elle-même choisit un arbre tout proche de façon à bien surveiller ce qui se passerait.

Une minute plus tard, elle vit d'épaisses touffes de bruyère se soulever. Un panneau de bois camouflé! Un homme sortit du puits.

Il s'apprêtait à refermer la trappe quand son complice cria :

« Je viens avec toi. C'est trop dangereux d'aller seul. »

Les deux hommes étaient munis de torches électriques. Leurs visages, bien éclairés, étaient inconnus des jeunes gens.

Celui qui s'appelait Sam marchait en boitant très légèrement. Ses empreintes étaient identiques à celles qu'Alice avait relevées quelques jours plus tôt. Michael, plus grand, marchait à pas réguliers.

Dès que les suspects furent assez éloignés, Matt, Alice et ses amis se consultèrent.

« Si nous mettions à profit leur absence pour inspecter ce souterrain? » suggéra Alice.

Matt et Ned se déclarèrent d'accord à condition que quelqu'un restât de guet à l'extérieur. Marion et Bob s'offrirent à jouer les sentinelles.

« En cas de danger, je lancerai le cri de la chouette », dit Marion.

La trappe fut soulevée. Une échelle de corde était fixée à la paroi du puits. Matt descendit d'abord, ensuite Ned et enfin Alice. Ils se retrouvèrent dans une caverne vaste et bien éclairée.

Elle était de toute évidence creusée de main d'homme. Alice se dit que, jadis, les Indiens Otsegos l'utilisaient sans doute pour des cérémonies rituelles ou pour des jeux.

« Il est même possible que les premiers pionniers y aient campé », songeait-elle.

Deux chambres s'ouvraient sur un large vestibule en forme de cercle. L'une avait été transformée en laboratoire. L'autre était une vaste cage en grillage très fin remplie de lucioles. La plupart des insectes étaient posés sur un arbre artificiel. Ils émettaient une lumière presque aveuglante.

La grande salle, ou vestibule, servait de quartier d'habitation; elle contenait en effet trois lits de camp, un poêle, un réfrigérateur, des bancs et une table sur tréteaux.

« Doria couche ici, fit observer Alice en montrant les trois lits. Et regardez! »

Sous un sommier, ils virent les costumes du sorcier et plusieurs lampes électriques à ampoules vertes.

« Une preuve indiscutable! commenta Ned.

— Ces hommes semblent disposer d'une installation électrique, dit Matt en promenant le regard autour de lui; pourtant je ne vois aucun générateur. »

Ned esquissa un sourire.

« Le scintillement des lucioles leur suffit peut-être pour effectuer leurs expériences. »

Littéralement fascinés par les insectes phosphorescents, les visiteurs les observèrent longuement.

« Impossible d'en détacher le regard! fit Alice, rompant le silence.

— Lumière froide, murmura Matt. Un jour, nous aurons des lampes à lumière froide qui s'éteindront et s'allumeront avec autant de facilité, de puissance que ces lucioles. »

Ned les arracha à leur contemplation en leur rappelant qu'il ne serait pas prudent de s'attarder.

« Cherchons vite les documents volés, conclut-il. Ces hommes risquent de revenir d'un instant à l'autre. »

Le professeur se mit à rire.

« Il ne leur viendra pas à l'idée de chercher Doria là où elle est en ce moment.

— Vous voulez dire en prison? demanda Alice.

— Oui. Et Doria n'osera pas communiquer avec eux, de crainte de les perdre.

— Même si elle n'est pas impliquée dans le vol des documents, elle sera condamnée pour escroquerie, dit Ned.

— C'est certain », répondit Matt.

Ils inspectèrent le laboratoire souterrain. Les documents volés n'étaient pas en vue. Alice hésitait à fouiller les bagages des deux hommes. Légalement, elle n'en avait pas le droit.

« Il se peut que nous y soyons obligés », dit Matt.

De nouveau, ils promenèrent le regard autour de la salle avant de passer dans le laboratoire. Là, sous un établi, Alice aperçut un petit coffre en bois cerclé de fer.

« Je parie que les documents y sont », s'écria-t-elle, pleine d'espoir.

CHAPITRE XIX

PRIS AU PIÈGE!

LE COFFRE était lourd ainsi qu'Alice le constata. Incapable de le tirer seule, elle fit appel à Ned et à Matt. Ensemble ils le portèrent au milieu de la salle.

« Ouvre-le, dit Ned, puisque c'est toi qui l'as découvert. »

D'un geste vif, elle souleva le couvercle.

« Ce sont bien les *documents volés*! » s'exclama le professeur.

Ils sortirent plusieurs grosses chemises cartonnées contenant des manuscrits dactylographiés, des calques et des feuilles couvertes de graphiques et de formules.

Matt en examina rapidement quelques-unes.

« Oui, voilà la formule dont je vous ai parlé, dit-il, et, ici, le nom du docteur Larramore. »

Ils décidèrent d'emporter les dossiers. Mais impossible de les mettre dans leurs poches, et ils n'avaient ni sac à dos, ni valise.

« Il faut transporter le coffre, déclara Alice, et le remettre à la police au plus vite.

— C'est, je pense, ce qu'il y a de mieux à faire », approuva Ned.

Entre-temps, Alice avait retiré plusieurs livres du coffre et contemplait, intriguée, des instruments posés au fond.

« Qu'est-ce que c'est? » demanda-t-elle.

Après les avoir examinés, le professeur répondit qu'il s'agissait d'une partie de l'outillage nécessaire pour utiliser la formule à grande échelle.

« Il est inutile d'emporter tout cela. Laissons-le ici avec les livres; le coffre en sera allégé. »

Ils enlevèrent les divers accessoires qu'ils rangèrent avec soin sur une table, et se disposèrent à partir.

« Dépêchons-nous, dit Ned. Si les deux hommes nous croisaient dans les bois, les choses se gâteraient.

— Ne serait-ce pas mieux de cacher ce coffre non loin d'ici et de revenir avec la police? » suggéra Matt.

Alice émit la crainte que la pluie ne pénètre à l'intérieur et n'abîme les papiers.

« Quoique nous décidions, sortons de cette caverne, insista Ned.

— Monte le premier », dit Alice.

Avec l'aide de Matt, il souleva le coffre.

« Je peux le porter seul », dit-il en le balançant sur son épaule.

Il commença de gravir l'échelle de corde. Au même instant, Marion lança le cri de la chouette.

« Ils reviennent! murmura Alice. Vite! Il ne faut pas qu'ils nous trouvent ici! »

Matt monta derrière Ned et soutint le coffre par-derrière. Alice attendit au bas de l'échelle de corde. Elle craignait de la voir se rompre sous leurs poids réunis.

De nouveau l'appel se fit entendre! Bob rampa au bord du puits et leur murmura qu'à condition de faire vite, ils échapperaient aux hommes.

En une seconde, tout se gâta. Deux ombres se ruèrent sur eux. L'une fit basculer Bob dans le puits. L'autre s'empara du coffre.

Puis, les assaillants secouèrent l'échelle, faisant tomber Ned et Matt. Sans perdre une seconde, ils la retirèrent, refermèrent la trappe et roulèrent dessus un objet lourd.

« Un rocher, s'écria Alice. Nous sommes pris au piège! »

Il fallut une ou deux minutes aux prisonniers pour reprendre leurs esprits.

« Vite, Ned! Monte sur les épaules de Matt et essaie de nous sortir d'ici. »

Ned s'exécuta aussitôt. Hélas! Ses efforts pour soulever la trappe se soldèrent par un échec. Découragé, il sauta à terre.

« Où Marion peut-elle bien être? » dit Alice.

Bob paraissait très inquiet.

« Il faut quitter ce souterrain coûte que coûte,

déclara-t-il. Les autres sont en danger, je tremble pour eux. »

Matt s'assura solidement sur ses jambes, et Ned et Bob se hissèrent sur ses épaules. Poussant de toutes leurs forces, ils réussirent à faire bouger le poids qui était sur la trappe et, tout à coup, elle s'ouvrit. Bob sortit du puits, regarda autour de lui : Marion n'était pas en vue.

« Marion! » hurla-t-il, affolé.

Pas de réponse.

Alice monta sur les épaules de Matt et sortit à son tour. Elle appela son amie à plusieurs reprises. Toujours pas de réponse. Elle se reprochait amèrement d'avoir entrepris ses recherches, contre toute prudence. Pourquoi n'avait-elle pas envisagé que des complices pourraient venir dans le repaire des deux chercheurs? Qui étaient ces complices? Elle pria Bob de les lui dépeindre.

La description de l'un correspondait à l'homme qu'elle avait rencontré en tenue de bûcheron la première fois que ses amies et elle avaient pénétré dans les bois. Quant à l'autre, elle ne voyait pas qui cela pouvait être.

L'échelle de corde gisait à terre. Bob la remit en place. Ned et Matt l'escaladèrent.

Réunis autour du puits, ils discutèrent du sort de Marion. Avait-elle été enlevée? Si oui, serait-ce par l'homme qui avait attaqué Bess et assommé Daniel?

Ils appelèrent encore Marion. En vain. Ils cherchèrent dans les alentours du souterrain, sans la trouver.

« Je vais à la police, annonça Bob. Nous n'avons pas le droit d'attendre davantage. Ce serait de la folie pure. »

Il prit le sentier qui menait à la grotte de Natty Bumppo. Les autres suivirent. Ils braquaient leurs torches sur les broussailles qui encombraient le sous-bois, sur le sol tapissé d'herbes sauvages. Pas la moindre empreinte, pas la moindre marque sur les troncs — méthode qu'Alice, Bess et Marion employaient souvent pour indiquer la piste qu'elles empruntaient.

« Que faire maintenant? » soupira Bob en s'arrêtant à quelques pas de l'entrée de la grotte.

Presque au même moment, il aperçut un objet brillant sur une touffe de bruyères. Sans parler, il le montra du doigt. Alice se pencha : un peigne de métal.

« C'est celui de Marion, dit-elle. Voyez : des cheveux bruns y sont encore accrochés.

— Je parie qu'elle est emprisonnée dans cette grotte », fit Bob, de plus en plus inquiet.

Ned en était moins convaincu.

« Quelqu'un d'autre a pu laisser tomber ce peigne, observa-t-il.

— Ce n'est qu'une supposition, certes, mais... commença Alice en s'approchant de l'ouverture.

— Qu'est-ce qui n'est qu'une supposition? » demanda Ned.

Elle ne répondit pas.

« Je t'en prie, explique-toi », implora Bob.

Ils éclairaient l'intérieur de la grotte avec leurs lampes électriques.

« Pourquoi ce suspense? insista Ned. Crains-tu qu'il ne soit arrivé malheur à Marion? »

Alice eut un sourire triste.

« Oh! Tu nous connais, moi et mon flair... Il nous arrive de nous tromper.

— Votre moyenne n'est pas mauvaise », répondit Ned.

Toute sa pensée tendue vers Marion, Alice ne releva pas la remarque.

« Je répugne à vous faire part de mes craintes. Tout semble indiquer que ces hommes ont enlevé Marion. »

Renonçant à chercher plus longtemps dans les grottes et les taillis, ils rejoignirent la route. Une mauvaise surprise les attendait : la voiture d'Alice avait disparu!

« Non contents d'avoir repris le coffre, enlevé Marion, ils ont volé ton cabriolet! s'écria Ned, au comble de la fureur.

— Comment ont-ils pu faire? demanda Matt. N'aviez-vous pas la clef sur vous, Alice? »

Elle fit signe que oui mais ajouta que Marion et Bess en possédaient chacune un double.

« Marion avait sans doute le sien dans sa poche.

— Je comprends ce qui s'est passé, grommela Bob. Ils l'ont traînée jusqu'à la voiture par un autre chemin et l'ont obligée à leur remettre la clef. Ne perdons plus de temps, encore une fois, je veux prévenir la police tout de suite. »

Ils prirent à pied la direction de la ville. Ils avaient à peine parcouru quelques mètres quand ils durent se rabattre vivement sur le bas-côté. Deux voitures de police fonçaient, sirènes hurlantes, sur la route du lac.

« Ils sont peut-être sur les traces des complices de Doria », dit Ned.

Les mots étaient à peine sortis de sa bouche qu'ils entendirent une autre voiture approcher à vive allure. Ahuris, ils reconnurent le cabriolet d'Alice. Marion était au volant. Seule!

Aussitôt, Alice et les garçons se mirent à hurler. Marion freina et s'arrêta dans un crissement de pneus. Ses amis coururent à elle et la bombardèrent de questions.

Elle coupa court en criant :

« Montez! Dépêchez-vous! Je sais où sont les voleurs! »

CHAPITRE XX

CONCLUSION TRIOMPHALE

TANDIS que la voiture d'Alice fonçait sur la route du lac, Marion racontait comment elle avait réussi à échapper aux deux hommes.

« Quand j'ai aperçu des faisceaux lumineux dans notre direction, j'ai aussitôt lancé mon premier appel. Ne vous voyant pas venir, Bob a fait bouger la trappe pour vous avertir. J'ai de nouveau lancé le cri de la chouette; trop tard! les deux misérables étaient déjà à l'entrée du puits.

« En un éclair, j'ai compris qu'en sortant de ma cachette je ne réussirais qu'à me faire capturer. Je n'étais pas de taille à lutter contre eux. J'ai donc décidé d'attendre pour voir ce qui allait se passer et pouvoir alerter la police. »

Elle décrivit la scène à laquelle elle avait assisté de sa cachette. Ensuite ce fut au tour de ses amis de résumer leurs découvertes.

« Hurrah! s'écria Marion. Mais dites-moi, le coffre devait être plutôt lourd. Les deux hommes l'ont porté sur leurs épaules à tour de rôle. Ils avançaient lentement, ce qui m'a permis de les suivre d'assez près pour entendre ce qu'ils se disaient.

« Ils décidèrent d'aller du côté de Homestill. L'un d'eux connaissait un bâtiment vide où ils pourraient cacher le coffre. Ils reviendraient le chercher par la suite.

« J'ignore comment ils comptaient s'y rendre. Par bateau, peut-être. Je n'ai pas attendu de le savoir. A toute vitesse, j'ai gagné la route et ta voiture, Alice, dont, par chance, j'avais la clef dans une poche de mon pantalon. »

Marion eut un sourire teinté d'amertume.

« J'ai fait irruption dans le poste de police de Cooperstown où j'ai reçu un accueil plutôt frais. Tout d'abord, l'inspecteur de service n'a pas voulu me prendre au sérieux. Il en avait assez, a-t-il grommelé, de tous ces contes de bonne femme où il était question d'un sorcier vert phosphorescent et de fantômes menaçants. Les rondes effectuées dans les bois n'avaient rien révélé de suspect. »

Sans se laisser décontenancer, Marion avait décrit la trappe habilement dissimulée qui donnait accès à une caverne où les savants malhonnêtes poursuivaient leurs recherches.

« Ce qui a fini par le convaincre, c'est le fait que Doria Sample soit la femme d'un de ces hommes. L'inspecteur est allé l'interroger. Elle a reconnu s'appeler Mme Sam Hornsby, un point c'est tout. L'inspecteur a cependant consenti à alerter la police d'Etat, laquelle a décidé de perquisitionner tous les bâtiments vides de Homestill.

— Où se trouve ce Homestill? demanda Ned.

— Au-dessus du lac, répondit Alice, peu après le parc de Glimmerglass. C'est une belle résidence, juchée sur une haute colline. »

Marion conduisait vite, mais elle avait perdu du temps à recueillir ses passagers, et les cars de police avaient pris de l'avance. En s'engageant dans le parc, admirablement entretenu, de Homestill, elle les retrouva. Deux hommes portant un coffre marchaient entre deux policiers. Les jeunes gens bondirent hors de la voiture d'Alice et coururent à eux.

« Je suis content que vous soyez là, dit un des policiers. Vous allez pouvoir identifier les suspects. »

Celui des prisonniers qui était le bûcheron croisé par les trois amies, prit la parole.

« Je n'avouerai rien, parce qu'il n'y a rien à avouer. Nous n'avons commis aucune infraction. Ce sont eux, dit-il en désignant Alice et ses amis, qui ont volé ce coffre. Il appartient à des gens que nous connaissons bien. Nous l'avons repris et nous le remettrons à qui de droit. Laissez-nous partir. »

Brady, le second policier, leur répondit qu'il

possédait des preuves suffisantes pour les conduire devant le juge d'instruction auquel ils fourniraient les explications nécessaires.

« Si vous désirez des preuves supplémentaires, intervint Matt, ouvrez ce coffre, vous y trouverez les documents volés au docteur Martin Larramore. »

Les deux prisonniers ne quittaient pas du regard Alice et ses compagnons. Leurs visages exprimaient une haine farouche.

« Ne vous plaignez pas de ce qui vous est arrivé. Vous l'avez bien mérité, dit l'un d'eux. Vous n'aviez pas besoin de fourrer votre nez dans des affaires qui ne vous concernaient nullement. Mes camarades ne faisaient de tort à personne. »

Comme il achevait ces mots, le premier car de police reçut un message radio. Samuel Hornsby Jones venait d'être arrêté. Apprenant que sa femme était détenue au poste de police, il s'était livré. Son compagnon, Michael Welch Brink, avait été appréhendé peu après.

Les deux hommes avaient tout avoué. Sam jouait alternativement le rôle d'homme vert, de fantôme, de monstre luminescent.

Brink s'était introduit chez Mlle Armitage pour y chercher la carte de la Saint-Valentin et la lettre. Il avait restitué celles-ci.

« N'est-ce pas curieux de voler une carte et une lettre? fit Brady. En connaissez-vous la raison? »

Cette question s'adressait à Alice qui répondit :

« Tout ce que je peux vous dire c'est que ce vol est lié à un secret — secret qui n'a rien de criminel. Doria, Sam et Mick nous espionnaient sans doute et nous ont entendus en parler. »

Brady annonça à ses prisonniers que les jeunes

gens avaient capturé Doria Hornsby et l'avaient déférée à la police.

Surpris, décontenancés, les deux hommes demandèrent des explications.

« Doria est une voleuse professionnelle, répondit Brady. Elle travaille en collaboration avec ses deux frères qui habitent New York. Ils ont dévalisé une bijouterie dans notre petite ville et commis d'autres méfaits. Doria prétend qu'elle le faisait pour se procurer l'argent nécessaire aux recherches de son mari. Elle a précisé que ni lui ni Michael Welch Brink n'étaient au courant de l'escroquerie dont les touristes avaient été victimes, sans parler du vol commis dans la bijouterie — et qu'elle n'a pas avoué. »

Brady eut un sourire.

« Alice Roy, dit-il, votre enquête a probablement fait perdre la tête à cette Doria. C'est pourquoi ses complices et elle n'ont cessé de vous harceler de toutes les manières possibles.

— Vous voulez dire, en faisant chavirer le voilier, en s'introduisant au chalet...? » demanda-t-elle.

Brady acquiesça. Alice voulut savoir si leurs porte-monnaie et portefeuilles avaient été retrouvés.

« Je vais m'en informer », proposa Brady.

Il s'entretint par radio avec ses collègues de Cooperstown. La réponse fut affirmative. Une perquisition minutieuse de la grotte avait permis de retrouver non seulement sacs à main, portefeuilles et porte-monnaie mais encore beaucoup d'articles de joaillerie.

« A propos, continua Brady, un complice de Sam Jones a tenté d'enlever une de ces jeunes filles et un autre complice a assommé un de leurs camarades. Qui de vous deux a commis ces agressions? »

Les hommes que les policiers maintenaient murmurèrent et finirent par reconnaître leur culpabilité.

Brady donna l'ordre de les emmener. Il remercia Alice et ses amis de leur aide et promit de les tenir au courant des développements ultérieurs.

Les cars de police et la voiture des jeunes gens partirent vers leurs destinations respectives.

A leur arrivée au chalet, Alice et ses amis trouvèrent réunis sur la terrasse : Mlle Roy, Bess, Daniel et Mlle Armitage qui, tous, poussèrent un soupir de soulagement.

« Où étiez-vous? demanda Mlle Roy. Je mourais d'inquiétude. »

Mlle Armitage était là depuis quelque temps.

« Je ne voulais pas partir avant d'être rassurée sur votre sort », leur dit-elle.

Bess et Daniel écarquillèrent les yeux au récit des dernières aventures vécues par leurs amis.

« Bravo pour votre travail de détective! » s'écria la Dame du Lac, admirative.

Elle cligna malicieusement de l'œil, sourit et acheva :

« Quand vous serez un peu reposés, que diriez-vous de vous attaquer à mon problème? »

Alice s'engagea à se mettre dès le lendemain après-midi à la recherche du carrosse russe. Mlle Armitage se leva et prit congé. Daniel l'accompagna jusqu'à sa voiture.

Ils étaient tous trop excités pour se coucher. Tout en buvant des boissons rafraîchissantes, ils parlèrent tard dans la nuit. Tante Cécile et Bess servirent un léger souper. Après quelques bâillements discrets, ils se retirèrent enfin dans leurs chambres.

Le lendemain matin, après avoir flâné, ils firent des courses en ville. Bess profita d'un moment où elle se trouvait à l'écart avec Alice pour lui glisser à l'oreille :

« Hier soir, j'ai entendu Matt dire à tante Cécile que, lorsqu'ils seraient de retour à New York, il lui téléphonerait pour sortir avec elle. »

Alice sourit.

« Comme je suis contente! Tante Cécile aura en Matt un ami rêvé! Tant d'intérêts les rapprochent. »

Après le déjeuner, ils revêtirent leurs maillots de bain. Ils sortaient du chalet quand Mlle Armitage apparut.

« Bonjour! cria-t-elle gaiement. J'ai une surprise pour Alice et pour Ned. Vous vous apprêtiez à passer de l'autre côté de la baie, n'est-ce pas?

— Oui, répondit Alice.

— En voiture?

— Oh! oui. Ce sera plus rapide.

— Parfait. Lorsque vous serez sur la route, je vous montrerai ce que j'ai apporté dans mon coffre et que vous transférerez dans le vôtre. Après tout, ce ne sera même pas nécessaire parce que je vous suivrai. J'ai l'intuition qu'aujourd'hui nous allons retrouver le carrosse.

— Nous nous y emploierons de notre mieux », promit Alice.

En voyant la « surprise », Ned et Alice ne dissimulèrent pas leur joie. C'étaient deux masques de plongée avec bouteille d'oxygène. Ils pourraient ainsi aller à une profondeur plus grande et rester plus longtemps sous l'eau!

L'institutrice leur tendit les appareils. Parvenus à l'emplacement des fouilles, ils ajustèrent masques et bouteilles d'oxygène.

Alice prit le détecteur de métal, et Ned une sonde.

C'était merveilleux de nager sous l'eau. Ils virent des poissons inconnus, des plantes mouvantes se détacher sur le fond.

Tout en battant des pieds pour avancer, Alice écoutait attentivement le tic-tac du détecteur. Après avoir planté la sonde dans la vase, Ned laissa la jeune détective diriger les fouilles. Tout à coup, elle se mit à marcher dans l'eau et plaça le détecteur au-dessus d'un point. Il émit une vibration sonore, claire et forte.

« Ce doit être ici! » se dit Alice, très agitée.

Elle fit signe à Ned d'amener la sonde. Il la plaça à l'endroit d'où venait le son. En quelques secondes, l'instrument mince heurta un objet dur. Ned continua à piquer le fond avec la sonde et put enfin faire comprendre à Alice qu'ils avaient trouvé un objet carré de grande taille. Ils tentèrent en vain de le déloger.

Fatigués, ils remontèrent à la surface, nagèrent jusqu'au bord, où ils reprirent pied. Après avoir retiré son masque, Alice annonça :

« Nous croyons avoir situé le carrosse, mais nous ne pouvons pas le bouger. »

Bob et Daniel insistèrent pour revêtir les équipements de plongée et, munis d'autres instruments, ils s'éloignèrent à la nage.

« Bonne chance! » leur cria Alice.

A eux deux, les jeunes étudiants réussirent à dégager de la vase une grande caisse métallique. Elle était si lourde qu'ils ne purent la remonter. Ils refirent surface et déclarèrent qu'ils avaient besoin d'une corde solide ou mieux d'un câble relié à un treuil pour ramener la caisse sur le rivage.

Trop agitée pour demeurer en place, Mlle Armitage arpentait la plage de long en large. Elle aurait voulu les aider mais elle n'avait pas la force physique nécessaire.

« Si seulement j'avais un équipement de plongée! soupira Mlle Roy. Il faut plus de deux plongeurs équipés d'une bouteille d'oxygène pour soulever ce coffre.

— Et si nous tentions notre chance, Matt et moi? » dit en riant Marion.

Bob et Daniel retirèrent masques et bouteilles qu'ils passèrent aux nouveaux volontaires. Ceux-ci les fixèrent aussitôt et partirent en battant des pieds à toute vitesse.

Sur ces entrefaites, Ned se rappela qu'il avait un gros rouleau de corde dans le fond du coffre de sa voiture.

« L'hiver dernier je suis resté bloqué dans la neige près d'Emerson et j'ai été obligé de me faire remorquer. Depuis je garde ce rouleau avec moi. Il y a aussi une corde très solide dans le réduit de la cuisine, là où nous avons pris les outils. »

Il partit les chercher au chalet. Quand Marion et Matt revinrent il était de retour.

« La caisse est très lourde, dit Matt, mais qui ne tente rien n'a rien. Bob, tu viens avec moi?

— Bien sûr. »

Portant chacun l'extrémité d'une des cordes, dont Ned, Daniel, Alice, Bess et Marion tenaient l'autre extrémité, ils repartirent. Lorsqu'ils percevraient dans les cordes les secousses convenues, Ned dirigerait les opérations de halage.

Quelques minutes plus tard, les cordes frémirent. Ned, Daniel, Alice, Bess, Marion, Mlle Roy et même Mlle Armitage tirèrent de toutes leurs forces. Ils glissaient, tombaient, sans avoir l'impression de gagner du terrain.

Sous l'eau, Matt et Bob poussaient de leur mieux la caisse, tout en la guidant. Enfin, à la grande joie de tous, elle fut tirée au sec.

« Pourvu que nous n'ayons pas une déception! murmura Mlle Armitage.

— Ce ne peut pas être un carrosse d'enfant, vous savez, plaisanta Daniel. C'est un trésor de pirates, j'en suis persuadé! »

Cette taquinerie détendit l'institutrice qui se

mit à rire de bon cœur. Elle proposa de transporter la caisse au chalet avant de l'ouvrir.

Qui poussant, qui tirant, ils réussirent à l'amener jusqu'à la voiture — transformée en camionnette — de Mlle Armitage et, chose plus difficile encore, à la hisser à l'arrière. Les nageurs s'enveloppèrent de peignoirs et s'empressèrent de monter en voiture.

Enfin l'encombrant objet fut sur la terrasse. Il était si étroitement fermé qu'ils se demandaient tous comment l'ouvrir.

Munie d'une loupe, Alice examina soigneusement la caisse. Elle discerna à grand-peine une ligne mince qui en faisait le tour. Sans doute était-ce le bord du couvercle. A l'aide d'outils divers, les garçons travaillèrent le long de cette ligne et purent confirmer l'hypothèse d'Alice.

Au bout d'un temps qui parut infini aux assistants, Ned annonça :

« Il cède! »

Quelques minutes plus tard, les garçons soulevaient le lourd couvercle. Les jeunes filles retirèrent plusieurs morceaux de tissus entassés les uns au-dessus des autres.

Une exclamation étouffée leur échappa. Un toit blanc venait d'apparaître.

« C'est le carrosse! » s'écria Mlle Armitage, qui n'osait en croire ses yeux.

Les garçons soulevèrent le précieux objet. Il pesait lourd.

« Comme il est beau! s'extasia Mlle Roy. Regardez les chérubins or et blanc qui l'ornent. »

Les brancards destinés à un poney étaient enveloppés séparément. On les avait sciés en deux pour les loger dans l'espace étroit. A l'aide de chatterton, Bess remit les morceaux ensemble.

Mlle Armitage marchait de long en large, au comble de l'excitation.

« Imaginez une adorable petite fille dans ce carrosse! »

Comme elle achevait ces mots, un appel monta de la baie. Tous se retournèrent pour voir Yo arriver dans son hors-bord.

« Bonjour! cria Alice toute joyeuse. Montez vite voir ce que nous avons trouvé! »

Quand Yo rejoignit le groupe, il resta un moment bouche bée.

« Vous... vous avez sorti ça de l'eau? bégaya-t-il enfin.

— Oui, c'est le secret de la Baie du Miroir, fit Alice en souriant.

— Je ne peux pas y croire! murmura-t-il. Qu'allez-vous faire de... de cette merveille? »

Mlle Armitage lui répondit qu'elle envisageait de l'offrir au musée Fenimore Cooper.

« Auparavant je déclarerai à la police la découverte de ce trésor qui appartenait à une de mes aïeules. »

Elle réfléchit un moment avant de poursuivre :

« Yo, auriez-vous la gentillesse de vous rendre au musée tout de suite? Demandez à voir le conservateur ou un de ses adjoints et tâchez de le ramener. Il n'y a pas de téléphone ici, je ne peux donc le prévenir moi-même. »

Yo accepta avec plaisir de se charger de cette mission.

Peu après, il revenait avec le conservateur, M. Clark, et son assistant, M. Hill. Leur surprise, sans être aussi théâtrale que celle de Yo, n'en fut pas moins grande. Ils se déclarèrent très heureux de recevoir un don aussi inhabituel et félicitèrent Alice du flair et de la persévérance qu'elle avait montrés au cours de ses recherches. Mlle Armitage confia solennellement le carrosse à la garde des deux hommes.

Avant de partir, M. Clark remercia encore Alice.

« Je vous ferai remettre la clef de Cooperstown en souvenir de votre contribution aux richesses du musée de notre ville », dit-il.

Les yeux de la jeune fille brillèrent. Ce souvenir lui rappellerait les heures passionnantes qu'elle avait vécues en compagnie de sa tante et de ses amis. Il lui rappellerait aussi la charmante Dame du Lac.

TABLE

IMPRIMÉ EN FRANCE PAR BRODARD ET TAUPIN
7, bd Romain-Rolland - Montrouge.
Usine de La Flèche, le 05-10-1981.
6127-5 - Dépôt légal n° 3536, 4e trimestre 1981.
20 - 01 - 4907 - 07 ISBN : 2 - 01 - 001578 - 9
Loi n° 49-956 du 16 juillet 1949 sur les publications
destinées à la jeunesse. Dépôt : août 1975.

LARRY J. BASH

- Comment je suis devenu détective privé
- Comment j'ai mené ma première enquête
- Comment j'ai été l'otage d'un tueur
- Comment j'ai enquêté sur un assassinat
- Comment j'ai déterré un témoin capital
- Comment j'ai aidé un faiseur de clair de lune

JEUNES FILLES EN BLANC

Suzanne PAÏRAULT

Déjà parus :

CATHERINE INFIRMIÈRE
DORA GARDE UN SECRET
LA FILLE D'UN GRAND PATRON
L'INCONNU DU CAIRE
INFIRMIÈRE A BORD
LE LIT N° 13
LE MALADE AUTORITAIRE
MISSION VERS L'INCONNU
LE POIDS D'UN SECRET
LA REVANCHE DE MARIANNE
LA SALLE DES URGENCES
LE SECRET DE L'AMBULANCE
SYLVIE ET L'HOMME DE L'OMBRE
L'INFIRMIÈRE MÈNE L'ENQUÊTE
INTRIGUES DANS LA BROUSSE
LA PROMESSE DE FRANCINE
LE FANTÔME DE LIGEAC
FLORENCE FAIT UN DIAGNOSTIC

LE MAÎTRE
DU SUSPENSE
ALFRED
HITCHCOCK
présente
Les Trois jeunes détectives
Hannibal Jones
Peter Crentch
Bob Andy
Enquêtes en tous genres
? ? ?

ALFRED HITCHCOCK

Déjà parus :

L'ARC-EN-CIEL A PRIS LA FUITE
LE SPECTRE DES CHEVAUX DE BOIS
UNE ARAIGNÉE APPELÉE À RÉGNER
LES DOUZE PENDULES DE THÉODULE
LE TROMBONE DU DIABLE
LE DRAGON QUI ÉTERNUAIT
LE DÉMON QUI DANSAIT LA GIGUE
LE CHAT QUI CLIGNAIT DE L'ŒIL
L'AIGLE QUI N'AVAIT PLUS QU'UNE TÊTE
L'INSAISISSABLE HOMME DES NEIGES
LE JOURNAL QUI S'EFFEUILLAIT
LA MINE QUI NE PAYAIT PAS DE MINE
AU RENDEZ-VOUS DES REVENANTS
LE TESTAMENT ÉNIGMATIQUE
LE LION QUI CLAQUAIT DES DENTS
LE TABLEAU SE MET À TABLE
LE MIROIR QUI GLAÇAIT